Cascade POLICIER

COLLECTION

Cascade

BOILEAU-NARCEJAC

# UNE ÉTRANGE DISPARITION

LES ENQUÊTES
DE SANS ATOUT

RAGEOT-ÉDITEUR

*À JEAN-MARC ROBERTS*
*AMICALEMENT*

Collection dirigée par Caroline Westberg

Couverture : Anne Bozellec
ISBN 2-7002-1198-7
ISSN 1142-8252

# 1

*Je ne vous aime pas,* écrit Sylvaine. *Vous n'êtes pas mon père. Maman n'est pas heureuse et moi non plus. Si elle veut rester, ça la regarde. Moi, je préfère m'en aller. Peut-être que je vais disparaître et la police viendra enquêter, et vous serez bien embêté à votre tour...*

Sylvaine renifle et d'un revers de la main s'essuie les yeux. Elle n'y voit plus clair à travers ses larmes. Elle voudrait trouver des mots très méchants, des mots comme des gifles. Il a osé la frapper. Pas bien fort. Pas pour faire mal. Mais il n'a aucun droit sur elle. Une scène odieuse. Maman essayant de s'interposer ; lui qui la repousse.

– Qu'est-ce qui m'a fichu... une pareille gamine !... Je vais lui apprendre la politesse, moi. Me traiter de barbouilleur ! D'abord, tu restes ici. Et toi, Denise, je te prie de ne pas te mêler de ça. Si tu l'élevais mieux, ça n'arriverait pas.

La querelle a continué dans la chambre voisine. Blottie au fond d'un fauteuil, son nounours dans les bras, Sylvaine a commencé à ruminer sa vengeance, sursautant parfois à quelque éclat de voix. Qu'on ne l'emmène pas chez les Marchetti, c'est plutôt une bénédiction. Pour entendre parler peinture pendant toute la soirée ! Ils disent que ces taches, ces ronds, ces éclaboussures, c'est de la peinture ! Et maman écoute, approuve, admire.

– Tu y comprends quelque chose ? a demandé Sylvaine.

– Non. Mais ça fait tellement plaisir à ton père !

Quand elle entend ce mot, Sylvaine enrage. Voilà ce qu'elle ne pardonne pas à sa mère. Et elle ne lui pardonne pas non plus sa docilité, son effacement devant cet homme qui n'est pas beau, qui se croit très important, qui distribue, chez les commerçants, des papillons « La galerie Vaubercourt ». Comme s'il tenait un bazar. Elle le déteste patiemment, méthodiquement, avec une application studieuse. Il est long et maigre et ça se permet de faire du jogging, avec des jambes comme des salsifis ! Il tricote, le matin, dans les jardins du Trocadéro, juste à côté. Ce qui ne l'empêche pas de fumer sans arrêt. Toute la journée, il est en éruption, dans son bureau au dernier étage, ou bien à la galerie. Il pue la cigarette blonde. Il a toujours sur la langue un brin de tabac qu'il crachotte en parlant. « Un talent inouï... pftt, pftt... C'est plus vrai que nature... pftt, pftt... Une valeur, ce garçon ! »

Une valeur ! Le mot clef, chez les Vaubercourt. La peinture est une denrée au même titre que la viande ou le poisson. Sébastien trouve normal de dire : « Le petit Van Houden est en hausse. » Quelle horreur ! Comment peut-on vivre avec cet homme, et qui croirait qu'il porte à la main gauche un rubis et à la main droite une grosse améthyste, comme une tireuse de cartes.

Sylvaine repasse la liste de ses griefs. Elle a peur d'en oublier. L'argent, par exemple. Avec les autres, il est généreux. « Ce sont des clients », explique-t-il. Mais avec les siens... Enfin, avec sa femme... Oh ! Il ne lui refuse rien. Mais il contrôle tout. « Combien as-tu payé cette écharpe ? Ce tailleur ? Tu t'es fait avoir. » Ou bien encore : « Tu dépenses beaucoup trop pour cette gamine. » Il ne dit jamais Sylvaine. Ça lui écorcherait la bouche. Non. La gamine, l'étrangère, quoi, la fille de Pierre Quéré, dont elle est, paraît-il, le portrait. Toute blonde, comme papa. Et ces yeux bleus, très pâles, très doux, qui lui viennent des Quéré et qui provoquent, chez Sébastien, une espèce de rancune.

Les photos de Pierre Quéré – dans sa tenue de chirurgien, ou bien au centre d'un groupe d'internes, ou encore au volant de son Alfa Romeo, celle qui s'est retournée sur lui – maman les a cachées, ou même peut-être détruites, pour épargner la susceptibilité de ce...

Ils se disputent toujours, à côté. Sylvaine tend l'oreille. Pour une fois, maman lui tient tête.

– Je n'aime pas la laisser seule à la maison, dit-elle. Et qu'est-ce qu'elle mangera ? J'ai donné sa soirée à Carmen.

Réponse incompréhensible. Le seigneur ne reviendra pas sur sa décision. Le seigneur, en ce moment, doit se battre avec son nœud papillon et ce n'est pas le moment de lui parler du dîner de la gamine. Qu'elle jeûne un bon coup. Ça la dressera. Mais voici que le ton monte à nouveau.

– Peur ? s'écrie-t-il. Et peur de quoi ? Si, à douze ans, elle a encore besoin, pour s'endormir, qu'on reste près d'elle... Moi, quand j'avais douze ans...

Le reste se perd. Monsieur Sébastien Vaubercourt devait être, à cet âge-là, un fier luron. Sans peur et sans reproche ! Sylvaine réfléchit. Comment les punir tous les deux ? Comment lui faire payer, à lui spécialement, sa méchanceté, sa suffisance ? Dès qu'ils seront partis, elle téléphonera à l'oncle Guillaume. Mais il ne sera pas très enclin à se mêler d'une querelle de famille. Il essaiera de la consoler ; il lui conseillera de se résigner. Il lui dira :

– Mon petit lapin, je te comprends. Sébastien, tu sais que je ne l'aime pas beaucoup moi non plus. Mais il est le mari de ta mère. On n'y peut rien. Cela lui donne certains droits... et bla-bla-bla, et bla-bla-bla...

Un miracle si, pour finir, il ne lui indique pas un truc pour dormir, une de ses tisanes miraculeuses. Il en a pour tout, depuis la migraine jusqu'à la goutte au nez. Mais qu'est-ce que j'ai fait au Bon Dieu ? pense-t-elle. Maman qui s'aplatit devant son sale bonhomme. Son frère, qui n'a pas les pieds sur terre, avec son homéopathie et sa radiesthésie. Le vieux Vaubercourt qui terrorise tout le monde. Et moi, alors ? Qu'est-ce que je deviens dans tout ça ? Je suis là pour recevoir des gifles ? Il n'y a qu'un moyen : disparaître pendant quelques jours.

Elle sursaute. Sa mère entre sans bruit, se

penche pour l'embrasser. Elle est parfumée, bruissante comme un bel insecte de la nuit.

– Nous ne rentrerons pas trop tard, chuchote-t-elle. Ça m'ennuie bien de sortir, mais tu sais comment il est. Ce n'est pas un mauvais homme, mais depuis quelque temps, il a changé. Essaie d'oublier. Sois une bonne petite fille. Allez. Je compte sur toi. Dors.

Elle s'éloigne. Elle repousse doucement la porte, comme si elle sortait d'une chambre de malade. Sylvaine écoute, du fond de son fauteuil, toute crispée de colère. Puis elle se lève, serrant toujours son ours sur sa poitrine et traverse l'appartement. Il y a encore de la fumée de cigarette qui traîne. La porte d'entrée est fermée à clef. Sylvaine est seule. Prisonnière.

Alors, elle s'abandonne. Maintenant qu'ils sont partis tous les deux, le tortionnaire et son otage, elle peut pleurer tout son saoul. Elle revient dans sa chambre, arrache une feuille de cahier, écrit d'un trait : *Je ne vous aime pas. Vous n'êtes pas mon père.*

Les mots soulagent, mais restent encore trop anodins. *Vous serez bien embêté à votre tour...* Pas suffisant. Ce qu'il faudrait, c'est un bon scandale. Et que les journaux s'en mêlent. Qu'on parle d'enlèvement. Et que le Sébastien fasse une déclaration publique, supplie les ravisseurs : « Rendez-nous notre petite Sylvaine. » Ça, ça vaudrait le coup. Et c'est parfaitement faisable. Sylvaine va se baigner le visage, dans la salle de bains. Elle ne pleure plus. Elle saute à toute allure d'une idée à l'autre. Elle possède les clefs de la maison. Elle a un peu d'argent, de quoi tenir quatre ou cinq jours. À douze ans, elle en paraît plus. Et puis, les filles voyagent seules, maintenant. Et d'ailleurs, elle a ses papiers personnels, sa carte d'identité, sa carte orange, sa carte de membre des amis de Coluche ; tout, quoi. Elle peut sans crainte retenir une chambre dans un hôtel, et, si on la questionne, elle dira que ses parents vont la rejoindre.

Elle sent bien qu'elle est sur le point de commettre une énorme bêtise, mais elle est comme emportée par une vague de haine. Elle court au téléphone, décroche, prête à former le numéro de son oncle, et puis, lentement, elle repose l'appareil. Non. C'est une espèce d'affaire d'honneur entre elle et Sébastien. Elle doit se débrouiller toute seule. Elle n'a qu'à longer l'avenue Raymond Poincaré ou l'avenue Kléber. Ce ne sont pas les hôtels confortables qui manquent. Il est huit heures et demie. Ce doit être l'heure où le personnel de jour cède la place au personnel de nuit. Elle ne sait pas très bien comment cela se passe, mais elle possède une sorte d'expérience confuse grâce aux confidences de la femme de ménage, qui a travaillé longtemps dans un hôtel de Cannes, avant de monter à Paris. Personne ne songera à se renseigner sur elle, du moins pendant trois ou quatre jours. Après ? On verra bien. Les journaux publieront sa photographie et les choses commenceront à se gâter. Mais elle prendra les devants, téléphonera pour dicter ses conditions. Cette pensée la fait sourire. C'est beau comme un rêve. Elle exigera...

D'abord, elle exigera que Sébastien cesse de la tutoyer. Elle n'est pas, elle n'a jamais été une Vaubercourt. Et d'une ! Et puis elle n'est plus une gamine. D'abord, le 3 octobre, elle aura treize ans, et le 3 octobre, c'est dans quatre mois. Alors...

Soudain, elle s'affaisse sur le canapé, et ses larmes lui noient le visage, des larmes d'impuissance, cette fois, tandis qu'elle se répète : « Tu débloques, ma pauvre fille. Tu te racontes n'importe quoi ! Ils te colleront en pension, voilà ce que tu auras gagné ! »

Elle revient dans sa chambre, se laisse tomber dans son fauteuil, cherche une autre solution, mais cette fois calmement, en pesant le pour et le contre. Il n'y aurait pas eu cette gifle, bon, quelques jours de bouderie auraient fait l'affaire. Mais ce qu'il faut bien voir, maintenant, c'est que la guerre est déclarée. Elle l'a traité de barbouilleur, et ça, c'est bien envoyé. Il ne peint plus depuis longtemps. Son atelier, dans les combles, est devenu son bureau. Mais enfin il a peint, autrefois. Il a même eu le toupet de suspendre quelques-unes de ses horribles toiles dans l'appartement. Barbouilleur ! Au fond, c'était pire qu'une gifle. Pas étonnant qu'il ait riposté aussi sec.

Sylvaine se lève, nerveusement. Si elle se laisse aller à cette espèce de méditation molle, elle va finir par capituler. Elle doit absolument continuer sur la lancée de la colère, quitter la maison. Dehors, peut-être qu'elle trouvera le moyen de ne pas perdre la face. Et quoi, cette idée d'aller à l'hôtel n'est pas si bête. À la condition d'être présentable, de ne pas arriver en garçon manqué, avec ce jean élimé et ce gros pull. Vite, elle relit sa lettre, ajoute un mot : *Adieu,* et va la poser bien en vue sur l'oreiller de Sébastien. Puis elle passe dans la salle de bains. Elle se recoiffe, cherche le poudrier de sa mère. Juste un nuage de poudre pour faire plus « jeune fille ». Au fond, il a raison, Sébastien. Pas facile de gommer le côté gamine. Un tout petit peu de rouge sur les lèvres : « Je ne suis quand même pas si moche que ça ! » pense-t-elle.

Ensuite, devant la penderie, courte réflexion. Elle n'a pas tellement le choix. Une robe d'été, bien sûr. La robe à rayures bleues, celle qui plaît aux passants : Sylvaine ne déteste pas qu'on la regarde. Des sandalettes. Son sac fourre-tout pour le pyjama et quelques objets de toilette. Il faut prendre l'aspect de la jeune fille en voyage si on veut donner le change au réceptionniste.

Sylvaine ne sait plus si elle est en train de les punir tous les deux ou si elle ne se joue pas la comédie. Ah ! les clefs, l'argent, quatre billets de cent francs. Elle se contemple encore une fois, pivote sur un talon, puis essaie un sourire charmeur à l'adresse du portier qu'elle devra séduire. Bon, il faut y aller maintenant.

Dernier coup d'œil circulaire à la chambre. Elle bondit, saisit sur sa table de chevet la photographie de son père et la glisse dans son sac. « Tu viens avec moi, dit-elle. On ne veut plus de nous, ici. » Et elle traverse l'appartement d'un pas ferme. Avant de refermer la porte - il y a des gestes, comme ça, qui sont des adieux - elle s'interroge une dernière fois. Elle vérifie au fond d'elle-même sa colère, comme on consulte la jauge au tableau de bord d'une voiture, puis elle fait jouer le pêne.

Elle est dehors. Elle est sortie du cercle familial. À cette heure-ci, chez les Marchetti, on se prépare à passer à table.

– Sylvaine était un peu fatiguée, a expliqué maman.

Et l'affreux Sébastien a ajouté, en haussant les épaules :

– Les filles, vous savez ce que c'est.

L'imbécile ! Comme s'il savait, lui, ce que peut une fille qui va se venger.

Chère vieille chose,

J'aurais pu te téléphoner, mais je suis interdit de téléphone. Mon père a sursauté quand il a vu le dernier relevé. Il est vrai que d'ici à ta maison de repos, cela fait une bonne distance et quand je commence à bavarder... Mais d'abord, comment vas-tu ? La dernière fois, tu m'as dit que le médecin était plutôt content. 37° 1, le matin, ce n'est pas de la fièvre, ça. Dans six mois, tu seras sur pied. Quand même, je n'arrive pas à y croire. Un costaud comme toi, un dur. Et dans ton patelin, tu n'as pas à souffrir de la pollution. Saint-Chély-d'Apcher (1), c'est la montagne, le grand air. Alors qu'est-ce qui a bien pu t'arriver ? Je sais bien, je rabâche. Mais enfin comment peut-on, dans ton cas, s'offrir une primo-infec-

(1) Voir *Dans la gueule du loup, collection Cascade Policier.*

tion ? C'est dangereux, d'accord. Mais surtout, c'est bête. Et t'expédier à Saint-Hilaire du Touvet, alors là, ça me révolte. Comme si l'Auvergne ne valait pas les Alpes ! Mais ne te fais pas de bile, je t'écrirai. J'en ai l'habitude, depuis mon aventure de l'île d'Oléron (1). Ce n'est pas que ma vie présente un grand intérêt. S'il y a eu des époques où j'ai été mêlé à des événements assez extraordinaires, je suis plutôt, maintenant, en congé d'insolite. Le petit boulot bien régulier, les bouquins, les disques, le cinoche, de temps en temps. Tiens, j'ai vu justement le film sur Mozart. Il faut que je t'en parle... Excuse-moi, j'entends le téléphone. À dix heures du soir, j'ai bien envie de ne pas bouger...

François Robion va quand même décrocher.

– J'écoute.

– C'est moi, Sylvaine.

La voix est déformée par un tremblement d'angoisse.

– Sylvaine ? Sylvaine Quéré ?

– Oui. Est-ce que je peux venir ?

– Tu as vu l'heure qu'il est ?

– Tes parents sont là ?

– Non. D'où m'appelles-tu ?

– D'un café.

– Qu'est-ce que tu fabriques dans un café ?

– Je t'expliquerai. Je suis partie de chez moi, si tu veux savoir. Tu permets que je vienne ? Ça presse.

(1) Voir *L'invisible agresseur.*

– Bon, d'accord. Tu es loin ?
– Pas très. Avenue d'Iéna. Merci, François.
– Tu sonneras à l'interphone. Je t'attends.
À l'autre bout, elle a coupé. En voilà une histoire. François regagne sa chambre et reprend sa lettre.

Mon pauvre vieux, c'est une copine qui vient d'appeler. Elle arrive en catastrophe. Je suis obligé de te quitter. Mais je sens qu'il se mijote quelque chose. Je te tiendrai au courant. Elle m'a dit qu'elle est partie de chez elle. Ça veut dire quoi ? Qu'on l'a mise à la porte ? Ou bien qu'elle a quitté la maison, après une scène plus violente que les autres ? Parce que je sais qu'entre elle et le mari de sa mère, ça chauffe. Elle habite près de chez moi et on revient souvent ensemble du lycée, ou bien on fait du patin à roulettes sur l'esplanade et on se raconte des choses, forcément. Elle est un peu plus jeune que moi. Elle bosse comme une cinglée. Elle voudrait avoir déjà terminé ses études pour être libre de s'en aller. Enfin, c'est ce qu'elle dit. Avec elle, on ne sait jamais. C'est menteur, les filles ! Tu peux pas savoir. Tiens, on sonne. Elle a dû courir, pas possible. À demain, mon petit vieux. Ah ! J'oubliais. Elle s'appelle Sylvaine. Pas vilain, Sylvaine. Elle non plus n'est pas vilaine. Ce qui ne va pas m'empêcher de la réexpédier chez elle en vitesse. Tchao.

François.

Il va l'attendre sur le palier. Quelle bêtise a-t-elle

pu faire ? Il a hâte de savoir et surtout de se débarrasser d'elle. Pourvu que les voisins ne la repèrent pas. La vieille Charouse qui est toujours à l'affût des gens qui circulent dans l'ascenseur. Il entend d'ici les commentaires. L'ascenseur monte, dans une bulle de lumière, et François, tout d'abord, ne la reconnaît pas. C'est elle et c'est une autre, à cause de la robe, du sac, de la silhouette qui n'est plus celle de la fillette garçonne qu'il traite en copain. Il lui tient la grille. Il remarque qu'elle est légèrement fardée et il ne sait plus ce qu'il doit lui dire. Elle paraît aussi embarrassée que lui.

– Eh bien, entre, dit-il d'un ton plutôt sec.

Elle n'est jamais venue dans cet appartement et regarde autour d'elle d'un air effrayé.

– Mon père plaide à Tours, demain, explique François, et ma mère l'a accompagné. Ne reste pas plantée là. J'ai l'impression que tu ne tiens plus debout. Assieds-toi, quoi. Prends le fauteuil. Alors ?

Elle respire encore avec une certaine difficulté.

– Merci, bredouille-t-elle. Je me suis tellement dépêchée...

– Je voudrais comprendre. Tu es partie de chez toi ? Pourquoi ?

– Il m'a battue.

– Qui ?

– Sébastien. Il m'a giflée.

– Je vois. Et tu t'es réfugiée dans un bistrot.

– François, si tu te moques de moi, je vais pleurer. Je n'en peux plus.

Sa voix chavire. François s'efforce de rire pour éviter une scène gênante.

– Allons, allons, dit-il. Tout ça va s'arranger. Il t'a giflée et toi, aussitôt, tu es montée sur tes grands chevaux. « Je me taille. Je fiche le camp. J'en ai marre. » Et hop, te voilà partie. Mais ta mère ? Qu'est-ce qu'elle a fait ? Elle n'est pas intervenue ?

– Elle compte si peu !

– Attends. N'allons pas trop vite. J'ai l'air de comprendre, comme ça, mais la vérité, c'est que je ne pige rien. On se mange le nez, chez toi, je suis au courant. Mais ce soir, qu'est-ce qui s'est passé exactement ? Ça a été spécial ?

– Oui. Les autres fois, je ne lui répondais pas. Je haussais les épaules. Je prenais mon air « cause toujours ». Et puis, tout à l'heure, je ne sais pas pourquoi, je lui ai tenu tête. Nous devions aller dîner chez les Marchetti. D'habitude, on me laisse à la maison. On ne veut pas s'encombrer, mais là, j'étais invitée, sans doute pour distraire leur chien.

– Et ça te faisait plaisir ?

– Oui, parce que je ne sors jamais le soir. Eux, ils vont au cinéma, au théâtre, et le lendemain, à table, je les entends qui discutent. « Tu as vu, la petite Nouchska, on ne dirait jamais qu'elle vient du café-théâtre... Et Lapierre ? Il a pris un sacré coup de vieux. » Et moi, j'écoute et j'ai envie d'aller manger à la cuisine.

À mesure que Sylvaine parle, sa voix s'affermit, son visage se colore ; elle n'est plus l'espèce de réfugiée minable que François a recueillie sur le palier. Elle ne peut plus s'arrêter. Elle a besoin de se raconter. François se lève.

– Continue. Je viens seulement de penser que tu n'as sans doute pas dîné. C'est vrai ?

– Oui, mais je n'ai pas faim.

– Que tu dis. Dans ton état on meurt de faim. Tu es une espèce de « boat people », ma pauvre fille. Allez, amène-toi, et continue. Tu me disais que tu ne sors jamais le soir.

Elle le suit jusque dans l'office, se laisse servir, toute à son récit.

– On a commencé à se disputer parce qu'il trouvait que je mobilisais la salle de bains. Moi, ça m'amuse de le faire un peu enrager, mine de rien.

– Je sais, l'interrompt François. Il y a des moments comme ça, où on sent qu'il vaut mieux ne pas pousser ; on croit qu'on taquine, et puis on devient agressif. Ça m'arrive. Reprends de la confiture. Et naturellement, tu as oublié le mot qui a tout déclenché.

– Complètement. Comment en est-on venu à parler de cette saleté de peinture ? Je ne m'en souviens pas. Tout ce que je sais, c'est que je lui ai tout jeté à la figure, tout ce que j'avais sur le cœur. Je l'ai traité de pauvre type, de barbouilleur et alors, paf, il m'a giflée. Pas une baffe. Pas une taloche. Non. La gifle qui vient de loin, si tu vois ce que je veux dire. Celle qu'on a gardée longtemps dans la main.

– Un coup à se battre en duel, dit François, qui devine qu'un peu d'enjouement va aider Sylvaine à se reprendre tout à fait. Elle sourit.

– J'ai été idiote, avoue-t-elle. Mais essaie de te mettre à ma place.

– Je m'y mets si bien, déclare-t-il, que je te conseille de vider ton verre pour que je le remplisse encore. Ça va un peu mieux ?

– Oui, merci. J'ai honte, François. Mais où voulais-tu que j'aille ? Laisse-moi au moins faire la vaisselle.

– Tu rigoles. Quand mes parents s'absentent, c'est moi la petite fée du logis. Viens te reposer au salon. Et finis de me raconter ton histoire. Alors tes vieux sont partis et tu as commencé à carburer, toute seule. Mais ta mère, dans tout ça ?

– Elle m'a embrassée et recommandé d'être patiente. Je me rends bien compte que je la mets dans une situation impossible.

– Et ton oncle, dont tu m'avais parlé, tu ne l'as pas prévenu ?

– Pas la peine. Il n'a jamais eu d'enfant. Il n'y comprendrait rien.

– Mais enfin, qu'est-ce que tu voulais, au juste ? Tu pars avec ton sac pour aller où ? Tu n'as pas pensé à moi tout de suite ?

Sylvaine essaye de réfléchir.

– Maintenant, murmure-t-elle, ça se brouille dans ma tête. Je voulais disparaître pendant un jour ou deux, pour qu'ils aient très peur. J'ai laissé un billet. Ça se fait toujours dans ces cas-là. Je leur disais adieu.

– Je vois que tu as mis le paquet. Ils vont croire que tu t'es supprimée. C'est dingue, tout ça. Et après ?

– Eh bien, j'ai cherché un hôtel et au dernier

moment, je n'ai pas osé. Je me suis dit qu'on allait téléphoner à la police et que je serais ramenée en vitesse à la maison. La nuit était là. Je commençais à paniquer. J'ai fait une bonne demi-douzaine d'hôtels. Impossible d'entrer. Et pourtant je ne pouvais pas revenir. Alors, j'ai pensé que toi, tu pourrais m'aider. On sait que tu n'es jamais pris de court.

– Oh, c'est les copains qui le disent. C'est pour se moquer de moi qu'ils m'appellent Sans Atout. Je ne peux pourtant pas te garder ici. Et tu vois l'heure. Il est plus de dix heures et demie. Rien ne t'empêche de rentrer ? Tu habites juste à côté.

– C'est la nuit. Ça change tout. Je n'aurai pas la force, François.

Elle se fait suppliante et François s'attendrit, ce qui le rend de méchante humeur.

– Tu veux que je t'accompagne. C'est ça ?

– Non. Vas-y, toi. Détruis mon billet.

– Ça va pas, non ? Si tes parents sont là, de quoi aurai-je l'air, hein ?

– Ils ne seront pas là. Ils ne rentrent jamais avant minuit.

– Alors viens avec moi. C'est toi qui as les clefs, et qui sais où sont les choses.

Sylvaine fouille dans son sac et en sort un petit trousseau.

– Tiens. Les voilà. Vas-y, François. Le billet est sur le lit. Tu le déchires et tu reviens me chercher. Qu'est-ce que tu risques ?

François éclate.

– Comment, qu'est-ce que je risque ? J'aurai l'air d'un voleur.

– Ah, tu en fais des histoires. Il me semble que si j'étais un garçon...

François rafle les clefs. Il est indigné. C'est un abus de confiance. Cette fille est folle à lier. Du seuil de la porte, il lui jette :

– Nuit ou pas nuit, il faudra bien que tu... Bon ! Tu as gagné. Si on téléphone, surtout ne réponds pas. Tu as fait assez de bêtises comme ça. J'en ai pour cinq minutes.

Il fonce. Elle le rattrape.

– Les chambres, c'est au fond. Tu verras : il y a un couloir. Toutes les pièces donnent dedans.

– Ça va. Je trouverai.

– C'est au cinquième.

Il dévale l'escalier.

# 2

« Ce que je peux être bête, quand même ! se dit François. Dans quoi je me suis laissé embringuer ? Et tout ça parce qu'elle m'a fait les yeux doux. Après tout, je ne la connais pas tellement, moi, cette Sylvaine. »

Il s'arrête sur le trottoir, toujours maugréant. Parmi les étoiles, on distingue les feux d'un avion, et au loin, on entend l'appel pressé de la voiture des pompiers. C'est la nuit qui commence et qui envoie ses signaux familiers. François regarde l'heure à son poignet. Onze heures moins le quart. Il en a la sueur aux tempes. Si tard ! Et ce qui l'irrite le plus, tandis qu'il se dépêche à en perdre le souffle, c'est qu'il ne réussit pas à comprendre à quelle logique tordue cette pauvre Sylvaine a bien pu obéir. Qu'est-ce qui l'empêchait de revenir directement chez elle ? Sans doute cet infernal amour-propre des filles qui les pousse à nier l'évidence. Il a vu cela vingt fois, au lycée, pour des vétilles. « C'est pas moi. Je le jure. » Surtout ne jamais perdre la face. Elles sont toutes comme ça. Bon. Pour Sylvaine, c'est clair. Rentrer à la maison sans avoir puni ses bourreaux, s'avouer, au dernier moment, qu'on a peur, qu'on n'est pas à la hauteur de sa vengeance, jamais de la vie ! N'importe quoi, mais pas ça. Et n'importe quoi, ça veut dire qu'on vient frapper chez les Robion, qu'on leur fera le coup de l'enfant martyr. Et s'ils ne sont pas là, tant mieux, il y a le bon toutou, le terre-neuve prêt à se sacrifier. « Va chercher la lettre, bonne bête. Apporte ! Oui, tu es beau. » Et n'a-t-elle pas ajouté... François essaie de retrouver la phrase exacte. Elle a dit : « Le billet est sur le lit. Tu le déchires et tu reviens me chercher. » En clair, « tu reviens me chercher », cela signifie « tu me ramènes chez moi. Je ne veux pas y retourner seule. J'aime mieux, si mes parents rentrent plus tôt que prévu, que ce soit toi qui prennes le premier choc. Toi, tu expliqueras, et moi, je pleurnicherai ».

François est furieux quand il s'arrête devant l'immeuble à la façade obscure. Aucun bruit. C'est le pont de la Pentecôte. Tout le monde est parti. Encore une chance. Il entre sans difficulté, cherche la minuterie. Il a bien le droit de circuler dans la maison, comme un invité ou un parent de province. Il passe en revue les boîtes aux lettres. Cinquième. Pour mettre son courage à l'épreuve, il prend l'ascenseur. Bien sûr, il est un peu angoissé ; il prépare des phrases, à tout hasard. En cas de besoin, il dira : « J'étais là, heureusement. Elle voulait se suicider. » Ce mot de suicide est le meilleur sauf-conduit. D'emblée, il situe d'un côté les méchants et de l'autre le grand cœur. On l'accueillera à bras ouverts. Mais de toute façon, il n'y aura pas de bras ouverts parce que, quand on dîne en ville, on ne rentre pas avant... Bon, et puis on va bien voir.

Il manœuvre doucement la clef de sûreté et la porte s'ouvre sur l'obscurité d'un vestibule. Comme si cette idiote de Sylvaine n'avait pas pu lui dessiner un plan, au lieu de lui expliquer sommairement la disposition des lieux.

François écoute, de toutes ses forces. Rien. Silence absolu. L'appartement est vide. Soudain, une pendule se met à sonner. Onze coups. François les compte machinalement. Une pendule, dans le noir, il n'aime pas ça. C'est une espèce de présence vivante. Un témoin. On le surveille. Allons, pas d'enfantillage. Il doit bien y avoir un commutateur quelque part. Il suffit de tâter. Trop haut. Trop bas. Il le trouve enfin et une applique s'allume, au-dessus d'un grand miroir où se reflète la silhouette d'un garçon vêtu d'un blouson et d'un jean.

François sursaute. Il a beau se reconnaître, il demeure en alerte, comme un animal surpris en territoire ennemi. À gauche, une porte à double battant. À droite... et puis, peu importe. Les chambres sont plus loin. C'est par là qu'il faut aller voir. Il traverse le vestibule, ouvre des portes, une pièce, deux pièces ; le temps d'apercevoir des boiseries, des reliures, le bref miroitement d'un poste de télévision, des tentures qui masquent les fenêtres. Il se rassure, se sent presque à l'aise. Au fond du couloir, il repère l'étroit escalier en pas de vis qui conduit à l'étage dont Sylvaine lui a parlé. Voici enfin une chambre. Il allume le plafonnier. Il est chez Sylvaine. Il admire. Lui qui sème ses vêtements à la volée, qui laisse un peu partout ses livres, ses magazines, ses disques, et accuse tout le monde d'égarer ses affaires, il est saisi de respect : le petit bureau bien rangé, le lit impeccable, les patins à roulettes sagement côte à côte sous l'armoire, c'est décidément quelqu'un de bien, Sylvaine ! Mais alors, cette véritable crise de folie qui l'a jetée dehors, comment l'expliquer ?

Il entre dans la chambre voisine, tâtonne pour donner de la lumière. Du premier coup, ses yeux tombent sur la lettre, bien en évidence. Il ne regarde qu'elle, la saisit, la déplie.

*Je ne vous aime pas. Vous n'êtes pas mon père...*

Il a tout lu, d'un seul élan, et hoche la tête. Ça, c'est tapé. Si par malheur les Vaubercourt avaient trouvé ce billet, la police serait déjà sur le pied de guerre. Il commence à comprendre pourquoi Sylvaine n'osait plus rentrer. Bon, eh bien, il n'a plus qu'à filer. La lettre, ils la déchireront ensemble et on n'en parlera plus. Onze heures et quart. Pas de temps à perdre.

Il bat en retraite, éteignant soigneusement derrière lui. Il arrive dans le vestibule et soudain entend une voiture qui manœuvre pour se ranger le long du trottoir. Qui ? Ce ne sont pas eux, quand même. Il est trop tôt. À pas de loup, il s'introduit dans une pièce qui donne sur la rue. Aïe ! Il y a une table qu'il n'a pas vue. En boitillant, il va écarter le rideau et découvre la rue, l'immeuble, en face. Un homme et une femme y pénètrent. Fausse alerte. François remarque alors quelque chose qui l'étonne. Le dernier étage de la maison est éclairé comme un écran de cinéma. Personne ne l'occupe puisqu'un écriteau, accroché aux volets clos, indique que l'appartement est à vendre. La lumière provient d'ici, pense François, c'est un reflet. Mais non, pourtant. J'ai bien tout éteint.

Et aussitôt, car il est entraîné à réfléchir vite, il se rappelle que Sébastien Vaubercourt a peint, autrefois. Ce qui est éclairé, c'est son atelier. C'est le reflet de cet atelier qui se découpe sur le mur, en face. Et ce reflet signifie qu'en ce moment quelqu'un se tient là-haut.

Pourtant, c'est impossible, puisque Sylvaine a été la dernière à sortir. François se raccroche à ce « puisque » comme à une bouée, car il est en train de perdre pied. Non, personne n'est dans l'atelier. Simplement, Sébastien Vaubercourt a oublié d'éteindre. François sait ce que c'est. Sa mère est toujours après lui. « Éteins derrière toi. On voit bien que ce n'est pas toi qui payes l'électricité. »

Et d'ailleurs, il y a une autre preuve, un autre « puisque », et de taille. Quand il a ouvert, il a dû donner deux tours de clef. Là, il s'interroge. Il s'embrouille dans ses souvenirs, s'entête. « Puisque la porte était fermée à double tour... » Mais l'était-elle ? Et qu'est-ce que cela prouverait ? Non, l'appartement est vide puisque personne ne s'est montré quand il a allumé. Conclusion : il faut filer mais en bon ordre, sans perdre la tête. Je suis Sans Atout, ou quoi ?

Il bat en retraite, se recogne dans la table, l'insulte à voix basse, atteint le vestibule, mesure la distance qui le sépare de la sortie. Sept ou huit pas à faire en ligne droite, sans rencontrer d'obstacle. Il éteint et se met en marche, bras tendus. Bientôt, il rencontre le mur, palpe, cherche la serrure. Il a dû dévier. Ce qu'il touche, c'est la tapisserie, pas le bois de la porte. Un pas à droite. Son pied heurte quelque chose qui oscille et, soudain, c'est la catastrophe. La chose en question s'abat avec fracas, roule, répand des objets bizarres qui s'entrechoquent.

François s'est transformé en statue. Il ne respire même plus. À peine s'il a encore la force de penser : c'est le porte-parapluies. Fuir ! Fuir en vitesse. Et tant pis si l'on s'élance derrière lui. Si l'on crie : « Au voleur ! »

Il reprend son souffle, lentement. Derrière lui, c'est la nuit, le silence. Il se répète avec fureur : « C'est cette cochonnerie de porte-parapluies. » Il s'aperçoit que sa main gauche est toujours au contact du mur. Elle s'y est collée. Il est obligé de lui dire qu'il est grand temps de découvrir la serrure et elle s'exécute en tremblant. Elle la trouve. Elle appuie sur la gâchette qui commande l'ouverture. Une seconde. Puisque l'issue est là, on peut s'accorder le temps de réfléchir. Si le plafonnier s'allume, au fond de l'appartement, il sera facile de s'échapper.

Mais justement, il ne se passe rien. C'est curieux, quand même. François écoute encore. Il a déjà repris ses esprits, comme un boxeur qui a frôlé le K.-O. mais possède encore toutes ses forces. Si personne ne s'est montré après le bruit qu'il a fait, c'est bien qu'il n'y a personne.

Il remet les clefs dans sa poche et, d'un geste

décidé, éclaire le vestibule. Le porte-parapluies gît, renversé, et il a envie de lui donner un coup de pied. Il le plante debout, à sa place, près de la porte. Mission accomplie. Peut-être pas, quand même. C'est agaçant de s'en aller sans savoir pourquoi la lumière est restée allumée dans l'atelier. Si le Vaubercourt s'en aperçoit à son retour, il pensera tout de suite que Sylvaine, profitant de l'occasion, est allée fureter dans ses affaires et cela fera rebondir la querelle, alors qu'il est si simple de tout éteindre. Il n'en a pas pour une minute.

François traverse à nouveau l'appartement et s'engage dans le couloir au fond duquel s'élève l'étroit escalier de fer qui conduit à l'atelier. Il découvre alors qu'une vive lumière brille en haut des marches, découpant le pourtour de la porte. Nouveau problème : il y a peut-être quelqu'un dans la pièce, quelqu'un qui n'a pas entendu le bruit provoqué par la chute du porte-parapluies. Quelqu'un de très occupé. Qui range des papiers par exemple ou fait des comptes. Mais non. Il bougerait. Sa chaise craquerait. François doit s'avouer qu'en ce moment il fignole. Complètement rassuré, il fait joujou ; il en remet, il s'offre un petit mystère supplémentaire pour la gourmandise.

Allez, mon vieux Sans Atout, grimpe là-haut. Éteins. Et taillons-nous. Pense à la pauvre fille qui se morfond. Il se faufile dans l'escalier tournant. Il entrebâille très doucement la porte, risque un œil, et recule violemment.

Il y a quelqu'un, une silhouette penchée sur

une table ou un bureau, un meuble, peu importe lequel ; ce n'est pas ça qui compte. C'est la position de la personne qui semble endormie. Bizarre ! François se penche à nouveau. Il voit un homme écroulé en avant, la tête reposant sur la joue gauche, un bras pendant, abandonné. Ce n'est sûrement pas un bras qui dort. C'est un bras sans vie. L'homme paraît bien mort.

Avec précaution, François pénètre dans la pièce, constate, d'un rapide regard circulaire, qu'il s'agit d'un atelier transformé en bureau. Une lampe munie d'une tige articulée éclaire le sous-main de verre sur lequel s'appuie la tête du défunt. « J'aimerais bien être ailleurs », pense Sans Atout. Il saute tout de suite sur la déduction qui s'impose. « Sylvaine est au courant. Si elle n'a pas voulu revenir, c'est qu'elle sait. » Et cela fait mal. Cette petite Sylvaine, aux yeux si clairs, elle s'est servie de lui. C'est moche. C'est pire que moche. Il sent une émotion qui n'est pas du tout provoquée par la vue du cadavre. Le spectacle de la mort ne l'impressionne pas, surtout d'une mort comme celle-là, probablement produite par un accident cardiaque. Le bonhomme a été foudroyé au moment où il cherchait un remède. Il y a, près de sa main droite refermée sur un tube de verre, des comprimés roses qui se sont répandus sur le bureau.

Au fait, c'est sûrement lui, Sébastien Vaubercourt. François ne l'a jamais rencontré, mais qui donc pourrait bien se trouver ici à cette heure ? Il porte à l'annulaire une espèce de grosse bague d'évêque. Sylvaine a eu de la chance de ne pas être marquée à la joue. « Ah ! Sylvaine. Il va falloir que tu me donnes certaines explications. » François tend la main pour éteindre la lampe, puis se ravise. Il ne doit toucher à rien. Il ne doit même pas téléphoner. À qui ? À un médecin ? À la police ? Il doit rester en dehors du drame. Le fils de Maître Robion ne doit pas être mêlé à cette affaire. Il est entouré d'interdits comme un prisonnier de barreaux. Il n'a que le temps de s'évader.

D'un pas glissant, il regagne l'escalier, et hop, il est sur le palier. Attention ! Il ne se rappelle pas si l'appartement était ou non fermé à clef. Mais quand Vaubercourt est rentré, malade, il n'a certainement pas pris cette précaution. François se contente donc de tirer le battant. Il préfère descendre à pied. Le voilà dans la rue. Ici, pour la première fois, il a l'impression d'être en sûreté. On lit dans les journaux des récits d'agressions. Mais cette brise nocturne qui remonte des jardins du Trocadéro et sent la campagne, quelle récompense, après la demi-heure d'angoisse qu'il vient de vivre.

Il court, et son imagination va encore plus vite que ses jambes. Non, la pauvre petite Sylvaine n'est au courant de rien. C'est lui qui est une grande brute quand il l'accuse. Selon toute vraisemblance, les Vaubercourt sont arrivés chez les Marchetti sans incidents. Ils ont commencé à bavarder et, au bout d'un moment, Sébastien s'est aperçu qu'il avait besoin d'un document qu'il avait oublié. Ou bien s'est-il peut-être senti incommodé, mais pour ne pas inquiéter ses hôtes, il a imaginé un prétexte. « Je prends la voiture et je reviens tout de suite. » Il s'en va. Décidément, il n'est pas dans son assiette. L'ascenseur le conduit au cinquième, de plus en plus mal en point. « Ça va passer. » Il entre. Sylvaine est déjà partie. Pourquoi aurait-il été s'assurer qu'elle dormait ? Il a bien trop hâte d'avaler le remède qu'il cache dans son bureau, à l'insu de sa femme.

François s'arrête. C'est lui qui a un point de côté. Il respire à fond et profite de la pause pour se moquer de lui-même. « Où vas-tu chercher tout ça, romancier à la gomme ? Pourquoi Vaubercourt aurait-il eu besoin de se soigner en cachette ? Et pourquoi pas ? Bon. C'est un point à tirer au clair. » François, maintenant, est à deux pas de chez lui. Si tout s'est passé de la manière la plus logique, la mère de Sylvaine, ne voyant pas revenir son mari, doit commencer à se faire du mauvais sang. Mais ses amis la rassurent. Et puis, à leur tour, ils s'étonnent. Marchetti propose d'aller aux nouvelles. Par politesse, madame Vaubercourt refuse. Elle sait que son mari n'a jamais fait attention à l'heure. Avec lui, on n'en est pas à un quart d'heure près.

Bien sûr, il faudrait minuter au petit poil ce chassé-croisé. Les Vaubercourt s'en vont... Sylvaine s'échappe... Vaubercourt revient... Et après ?

« Après, se dit François en ouvrant la porte de l'ascenseur, je ramène la fille en vitesse et... » La suite se perd dans la brume. François se demande ce qu'il vient de faire. Le mieux est de rester à l'écart. Là-dessus, aucun doute. Mais il y a une solution qui arrangerait tout. Ce serait de téléphoner chez les Marchetti.

L'ascenseur s'arrête. François est très perplexe. Il entre.

– Sylvaine ?

Un coup au cœur. S'est-elle enfuie encore une fois ?

– Ho ! Sylvaine ?

Il la découvre au salon, endormie dans un fauteuil, les jambes repliées sous elle, et un grand mouvement de pitié le pousse vers elle. Il lui saisit le bras, un bras qui n'est pas plus gros qu'une branchette.

– Eh bien, Sylvaine. Pas le moment de roupiller.

Elle sursaute et reprend conscience aussitôt.

– Alors ? murmure-t-elle.

Il lui tend la lettre.

– Voilà... Déchire-la toi-même.

Impétueusement, elle se jette à son cou. Il se dégage. Il a horreur de ces effusions.

– Tu n'as pas eu trop de mal ? demande-t-elle.

– Eh bien... ça n'a pas été tout seul.

– Quoi ? Ils étaient rentrés ?

François ne répond pas. Comment lui apprendre la chose ? Il commence avec précaution :

– Tu es sûre que tu m'as bien tout raconté ?

– Évidemment.

– Tes parents étaient-ils partis depuis longtemps, quand tu as quitté l'appartement ?

– Pas très. Peut-être une demi-heure.

– Et personne n'est revenu ?

– Ça signifie quoi, toutes ces questions ? s'écrie Sylvaine. Qu'est-ce que tu me caches ?

– Ce que je te cache ? dit François.

Mains aux poches, il va de la porte à la vitrine aux miniatures, puis revient sur ses pas, la tête basse. Enfin, il se décide.

– J'ai trouvé quelqu'un, là-bas.

Sylvaine le regarde avec une sorte d'épouvante.

– Sébastien Vaubercourt, poursuit-il. Dans l'atelier. Il est mort.

Il s'attendait à une explosion d'émotion. Bien au contraire, Sylvaine se ressaisit et sourit.

– Tu m'as fait peur, dit-elle. Tu joues bien la comédie. Au fond, je l'ai bien cherché. Oh ! Je te comprends. Je débarque chez toi. Je viens empoisonner ta soirée. Tu t'es dit : je vais t'apprendre à vivre, ma vieille.

– Mais pas du tout. Je te jure qu'il est là-bas, aussi mort que l'on peut l'être.

Incrédule, Sylvaine étudie son visage pour y déceler une trace d'ironie.

– Je te préviens, murmure-t-elle, si tu essaies de me faire marcher, je ne te parlerai plus, je ne te regarderai plus. Ce sera fini.

Il s'agenouille devant elle, lui prend les mains.

– Sylvaine, il est là-bas. Pourquoi veux-tu que j'invente une histoire comme ça ?

Elle s'emporte, le repousse.

– C'est impossible. Je l'aurais entendu.

– Mais tu étais déjà partie.

– Et comment sais-tu qu'il est mort ?

– Je le sais parce que je l'ai vu. Il est assis devant son bureau, la tête sur le sous-main.

– Il dormait.

– Tu en as déjà rencontré, toi, des gens qui dorment sans bouger, sans respirer, sans faire le moindre bruit ? Il a essayé d'avaler un comprimé et le flacon a roulé sans qu'il puisse le saisir.

Sylvaine remue la tête, de droite à gauche, de gauche à droite. Non. Elle refuse le fait accompli. François perd patience.

– C'est bien ça, les filles. Pour vous, l'évidence c'est ce qui vous plaît. Eh bien, moi... Et puis, la barbe. Si tu ne me crois pas, allons-y ensemble. Je n'ai pas rêvé quand même. En traversant la salle à manger, je me suis cogné un bon coup dans une table qui devait me guetter depuis un moment, et en voulant sortir, j'ai renversé le porte-parapluies. Tu aurais entendu ce boucan ! Ça te fait rigoler ? Tu trouves ça marrant ?

Elle proteste faiblement.

– Non, François, non. Ne crois pas ça. Tu n'as pas rêvé, bon.

Elle pouffe malgré elle.

– Excuse-moi. C'est la réaction. Je ne sais plus où j'en suis. Maintenant, je t'écoute.

– Sans blague ! Il ne s'agit pas d'écouter mais de filer là-bas, de prévenir ta mère. Quel est le numéro des Marchetti ?

– Arrête, François. On va leur dire quoi ? D'abord, ils ne te connaissent pas. C'est moi qui devrais parler. Et moi, je dors, je ne suis au courant de rien.

François commence à entrevoir toutes les difficultés qu'il va falloir affronter, par la faute de cette idiote. Il regarde l'heure, calcule.

– Ta mère, maintenant, doit être de retour.

– Alors, fait Sylvaine, saisie. Elle a découvert que j'ai disparu...

– ... et que son mari est mort, complète François. Ah non ! Tu ne vas pas te mettre à pleurer. C'est trop commode. Ce n'est pas aux Marchetti qu'il faut téléphoner. C'est chez toi. Réfléchis : ou bien ta mère est là, et elle sera trop bouleversée pour te réclamer des explications ; ou bien, pour une raison quelconque, elle n'est pas encore là, et nous avons une petite chance d'arriver avant elle. À condition de faire vite. Allez, téléphone. Si elle te répond, si elle te demande : où es-tu ? Tu diras que tu as perdu la tête et que tu t'es réfugiée chez un copain.

– Ça ne tient pas debout.

– Je sais, mais on ne peut pas rester là à se tourner les pouces. Allez, appelle.

Il lui apporte le téléphone et elle pianote en reniflant. Puis elle écoute. On perçoit la sonnerie, très loin.

– Elle n'est pas là, dit-elle.

– Insiste.

François se tient tout près d'elle. Il donnerait n'importe quoi pour entendre le déclic établissant la communication. Mais l'appareil sonne dans le vide. Sylvaine raccroche.

– Qu'est-ce qu'on fait ? dit-elle, d'une voix cassée.

– On y va. Tu as de la chance que je sois un brave type. Sinon je te laisserais tomber comme une vieille chaussette. Amène-toi. Et pendant que j'y pense, comment ton père est-il rentré ?

– Ce n'est pas mon père.
– Oui, bon. D'accord. Mais je suppose qu'il n'a pas pris un taxi.
– Il s'est servi de la voiture, je pense.
– C'est quoi ?
– Une BX.
– Vous avez un parking ?
– Oui. Au sous-sol, mais je n'ai pas la clef.
– Donne-moi la main.

Il l'entraîne au pas de course. La rue est déserte et silencieuse. On sent, à une certaine fraîcheur, que la nuit s'avance.

– Elle est comment, la BX ?
– Blanche.
– Facile à repérer. Tu penses bien que le pauvre bonhomme n'a pas pris le temps de la garer. Il l'aura laissée dans le premier emplacement venu. On va la voir.

Ils arrivent devant la maison. François observe les environs. Pas de BX. Et pourtant, il y a des places libres.

– C'est quand même curieux, observe François. Ouvre vite.

L'ascenseur est au rez-de-chaussée. Il devrait être au cinquième, si la mère de Sylvaine était revenue. Il est vrai que quelqu'un a pu s'en servir depuis.

– Qu'est-ce que tu marmonnes ? demande Sylvaine.
– Je dis que c'est curieux... Que tout est curieux. C'est à n'y rien comprendre. Prépare ta clef. Tu vas entrer la première. S'il n'y a pas de lumière, on est sauvés.

L'ascenseur s'immobilise. François pousse doucement Sylvaine.

– J'ai peur, chuchote-t-elle.

La clef grince, cherchant l'ouverture compliquée de la serrure.

– Passe-la moi, grogne François. Ce que tu es gourde, quand tu t'y mets.

Le battant s'entrouvre sur une profonde obscurité. François respire.

– On est les premiers, annonce-t-il, et il allume.

Silence. Ils font quelques pas, et François retient Sylvaine par le coude.

– Tu sais à quoi je pense ? Eh bien, tu vas avaler un somnifère et te mettre au lit, sans t'occuper du reste. Quand ta mère rentrera, ce sera à elle de faire le nécessaire. Toi, tu ne seras jamais sortie. Tu ne seras au courant de rien.

– Mais... là-haut ? fait-elle.

Du pouce, elle désigne l'atelier.

– Tu veux jeter un coup d'œil ? s'insurge François. Tu te méfies encore un peu ?... Comme tu voudras.

Ils traversent l'appartement, s'arrêtent au pied du petit escalier de fer. François s'efface.

– Passe.

– Non. Toi d'abord.

François hausse les épaules et commence à grimper.

– Fais moins de bruit, dit-elle craintivement.

– Oh, tu sais, il lui en faudrait plus pour le réveiller.

Il ouvre la porte de l'atelier. Regarde.

La pièce est vide.

# 3

... Je reprends ma narration. Tu te rends compte, mon petit Paul, de la situation. Je ne dis pas que je t'ai tout raconté par le menu. Je viens d'aligner je ne sais combien de pages et il est près de deux heures du matin. Mais je sens bien que je ne dormirai pas et tu sais, dans mon désarroi, je suis bien heureux de t'avoir. Résumons-nous : j'ai vu un bonhomme mort et une heure après, il n'était plus là. Et... attends... j'avais sur les bras une fille qui, si j'avais dit un mot de trop, était prête à me coller une gifle à son tour. Elle était furieuse.

– Quand je pense que j'ai été assez bête pour te croire. Tout ce cirque pour te venger de moi parce que j'étais venue te déranger mal à propos. Etc. etc. Remarque, j'ai tort de dire : etc., etc., comme si tu pouvais imaginer la violence et la méchanceté de ses reproches. Sylvaine, c'est quelqu'un. Non. Ne va pas croire qu'elle me monte à la tête. Pas du tout ! Ce qui m'épate, c'est la façon dont elle a récupéré. Tu aurais pu t'attendre à la voir démolie par l'émotion, incapable de sortir un mot. Penses-tu ! Elle a fait quelques pas dans l'atelier, m'a montré la pièce d'un geste large et a eu le toupet de me lancer :

– Alors ? Où l'as-tu caché ?

Pan. Aussi sec. De quoi j'avais l'air ? Et aussitôt après, qu'est-ce que j'ai entendu ! J'ai fait celui qui n'écoute pas, qui est habitué à tutoyer l'événement. J'ai examiné le fauteuil, la table, avec soin, comme un professionnel, l'air concentré du mec qui ne s'en laisse pas conter. Elle me suivait pas à pas, me harcelant de questions idiotes comme : « Tu n'as pas regardé dans les tiroirs ou sous le tapis. » Bravant sa colère, je me suis assis devant le bureau ; j'ai appuyé ma tête sur le sous-main, le bras gauche pendant, le bras droit allongé comme si j'avais voulu retenir un tube de comprimés. Du coin de la bouche, je lui ai crié :

– Il était exactement comme ça.

Du coup, elle l'a bouclé. J'ai ajouté :

– Il portait à la main droite une grosse pierre violette.

Silence. Je me suis redressé et, pour achever de lui clore le bec, je me suis planté devant elle.

– Tu fais ce que tu veux. Tu téléphones à ta mère ou tu vas te coucher. Moi, ça ne m'intéresse plus. Je rentre.

– Non, a-t-elle fait, d'une toute petite voix effrayée.

Ces bonnes femmes, tu sais, mon pauvre vieux, c'est une autre race. Une minute plus tôt, elle m'incendiait. J'étais bon à jeter aux chiens. Et maintenant, elle était prête à se raccrocher à moi parce que, dans un petit coin de sa petite tête, il y avait malgré tout un petit doute : « Et si tout ce que me raconte François était vrai ? Et si le mort avait mis les voiles ! » Je triomphais lâchement.

– Voyons, ai-je dit. Ton beau-père n'est jamais venu ici pour y mourir. Il faut être une espèce d'énergumène comme moi pour inventer des trucs comme ça.

Elle m'a interrompu, essayant de garder l'avantage.

– Il est reparti, a-t-elle dit.

– Alors, tu admets qu'il était là ?

– Il était évanoui. Il a repris connaissance et il est retourné chez les Marchetti.

Elle avait lancé l'argument au petit bonheur, pour avoir le dernier mot. Mais moi, je l'ai reçu en pleine figure, parce que ça expliquait tout. Réfléchis, mon petit Paul. J'avais admis, du premier coup, qu'il était mort parce qu'il ne bougeait plus et qu'il était absolument comme un cadavre. Mais il avait peut-être été victime d'une syncope. Le cœur flanche, adios ! Te voilà au tapis comme un vrai macchab. Mais un instant plus tard, tu refais surface. Tes comprimés sont là. Tu en avales un ou deux. La brume se dissipe. Tu regardes l'heure. Sapristi ! Ma femme doit se demander ce qui m'arrive. Tu téléphones depuis l'atelier, pour ne pas réveiller la gamine, en dessous. Tu racontes n'importe quoi... que la voiture, par exemple, a fait des siennes, et tu conclus : « Ne vous inquiétez pas. Je reviens. » Tu files en vitesse sans te douter que la gamine est dans la nature. Naturellement, tu ne parles pas de ton malaise pour ne pas inquiéter tes amis, et ça y est. Le tour est joué. Tout ! Je venais d'entrevoir ce scénario en un éclair et la petite peste a deviné qu'elle venait de marquer un point :

– Prouve-moi que ce n'est pas vrai.

Franchement, discuter à cette heure-là, alors que les Vaubercourt pouvaient surgir à chaque instant, il fallait être complètement dingue. Mais je ne me sentais pas d'humeur à céder le terrain.

– C'est moi qui ai ouvert la porte du palier. Tu t'en souviens. Bon. Eh bien, elle n'était pas fermée à double tour, comme elle aurait dû l'être si Vaubercourt était reparti après avoir récupéré ses forces. Elle était seulement fermée au pêne, comme moi je l'avais laissée.

L'argument ne valait pas cher. Je ne savais pas très bien moi-même ce qu'il signifiait. Pourtant Sylvaine fut prise de court. Je me suis empressé d'en finir avec cette discussion.

– Au lit ! ai-je déclaré. Il y a un truc pour dormir dans votre pharmacie ?

– Oui, sûrement.

– Impec. Avale un comprimé et remercie le ciel de t'avoir envoyé un ange gardien de mon calibre. Sans moi, tu serais à la fourrière.

Je l'ai poussée dehors et, dans le vestibule, je lui ai fait mes dernières recommandations.

– Si quelque chose de très bizarre a eu lieu ici, tu seras interrogée. Quoi qu'il arrive, tu n'as rien vu, rien entendu. Mais rien, tu saisis ? Tu restes en dehors de tout. Et moi aussi, naturellement. Je peux te laisser en confiance ? Tu seras prudente ? Tu le jures ?

– Oui. Juré.

– Alors, bonsoir. Et pendant que j'y pense, enferme-toi dans ta chambre. Si on vient frapper à ta porte, cela te donnera le temps de te composer un visage.

Nous nous sommes serré la main. Comment t'expliquer ? Nous sentions que nous étions adversaires et complices. Ça m'a fait un drôle d'effet. Cette fois, je crois que je vais m'arrêter. Je t'ai tout raconté. Jamais je n'ai veillé aussi tard. Pauvres parents, quand même ! Il suffit qu'ils aient le dos tourné pour que le monde se déglingue autour de nous. Toi qui disposes de vastes loisirs, applique ton esprit futé à résoudre le mystère Vaubercourt. Pour le moment, moi je nage. Mais, avant d'aller me coucher, je te le dis solennellement : le bonhomme était mort. C'est de là que tu dois partir. Salut !

P.S. Je continuerai demain, après avoir appris de Sylvaine comment s'est passé le reste de la nuit. Je me dépêche. Je posterai cette lettre en allant au lycée.

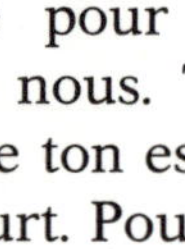

Salut grand chef,

J'ai tout mon temps puisque la famille est en balade. Noémie vient préparer mes repas et donner un coup d'aspirateur. La liberté, mon

vieux. Personne pour me dire « Tu ne manges pas assez. Tu ne dors pas assez. » Ou bien « Tu lis trop. Tu sors trop. » Et note que chaque soir maman me téléphone pour savoir si je suis toujours le bon petit, plein de bonnes résolutions, qu'elle a laissé à la maison, non sans appréhension. J'ai beau lui affirmer que je m'en tiens sagement entre ce qui est « assez » et ce qui est « trop », elle se méfie, et elle a raison. Elle sait à quel point je deviens distrait quand je me casse le nez sur un problème. Je ne pense à rien d'autre. Je perds le sens de l'heure. Tout ça pour te dire que le problème Vaubercourt me donne des boutons. Je me gratte sans arrêt. J'ai le virus Vaubercourt dans le sang. Parce que, je le jure sur ta tête, le bonhomme était mort... et pourtant non, il n'était pas mort.
Je m'explique : après ma nuit blanche, j'étais terriblement pressé de revoir Sylvaine. Ou plutôt non. Je me disais : « Elle va manquer la classe. Elle doit être en plein drame. Si elle ne se montre pas au lycée, ce sera la preuve qu'il s'est passé chez elle quelque chose de grave. » Donc, j'étais pressé de « ne pas la voir », tu saisis ? Je suis arrivé un peu en avance. Pas de Sylvaine. Neuf heures moins cinq. Pas de Sylvaine. Neuf heures, on entre chez Roudoudou, le prof de français. Et la voilà qui s'amène, aussi innocente que le Petit Chaperon Rouge. Elle se garde bien de tourner la tête de mon côté. Elle s'assied à côté du gros Brûlart, lui fait son sourire du dimanche. Je l'aurais bouffée.

Heureusement, on ne se gêne pas, avec Roudoudou. Si on a envie de causer, on cause. Et si on a envie de se déplacer, on se déplace. Les copains ont collé sur son bureau la fameuse main, tu sais : « Touche pas à mon pote. » Ça signifie qu'il est sous notre protection, mais donnant-donnant : on te laisse tranquille, tu nous fiches la paix. Moyennant quoi la classe est un aimable forum, un club distingué où l'on s'entretient à voix basse de ses petites affaires. Je me suis installé derrière Sylvaine ; j'ai prié gentiment Brûlart de lire sa B.D., et demandé :

– Ils sont rentrés ?

Pas besoin de préciser. Elle a compris.

– Oui. Ils sont rentrés.

– Tous les deux ?

– Ben oui. Tous les deux.

– Raconte, quoi !

– C'est tout. Je me suis réveillée vers huit heures. J'ai trouvé ma mère dans la cuisine. Je lui ai demandé si elle s'était bien amusée. Elle m'a répondu qu'elle avait passé une soirée exécrable. Ils n'ont pas cessé de parler peinture. Marchetti voulait se défaire d'un Van Damm. Sébastien offrait d'être l'intermédiaire. Il connaît, paraît-il, quelqu'un qui se porterait volontiers acquéreur. « Pour finir, Sébastien a offert d'aller chercher le dossier. Quand il a une idée en tête ! Il m'a simplement promis de ne pas faire de bruit pour ne pas te réveiller. À son retour, il a téléphoné à Amsterdam. Et tout à l'heure, je l'ai conduit à Roissy. Je suis complètement claquée. »

J'écoutais Sylvaine avec stupeur.

– Elle avait l'air comment, ta mère ?

– Eh bien, claquée.

– Mais claquée-flapie ou claquée-soucieuse ?

– Les deux. Ces voyages continuels de Sébastien finissent par l'inquiéter. Elle se rend bien compte qu'il se surmène.

– Il n'a jamais consulté un cardiologue ?

– Je ne crois pas.

– Mon hypothèse de la syncope ?

Elle m'interrompit vivement :

– C'est moi qui ai eu cette idée. Elle est absurde. S'il avait été souffrant, il n'aurait pas pris l'avion pour Amsterdam.

– Il va rester longtemps, là-bas ?

– Je ne sais pas. Il doit téléphoner en fin d'après-midi à maman pour lui dire ce qu'il compte faire.

– Est-ce que ça lui arrive de s'absenter longtemps, comme ça, sans crier gare ?

– Oui. Il se tient en rapport avec des correspondants un peu partout, à l'étranger. Tu es content ?

Non, je n'étais pas content. Je n'aime pas du tout qu'on vienne me retirer l'hypothèse que je suis en train de lécher. Essaie d'enlever son os à un chien-loup ! Et puis, il y avait autre chose. Chaque détail qui contribuait à me mettre sous les yeux un Vaubercourt normal, bien portant, en pleine forme, affaiblissait mon témoignage et jetait un doute sur mes facultés d'observation, comme si j'étais atteint d'un mal mystérieux, d'une insidieuse loufoquerie me conduisant à prendre des vessies pour des lanternes. J'avais vu. Je pouvais me faire confiance. Sylvaine ne me croyait pas. Tant pis ! Mais je lui en voulais de plus en plus. Après tout ce que j'avais fait pour elle !

– On ne parle plus de ça, a-t-elle repris. Je ne t'en veux pas, tu sais.

Alors ça, c'était un comble. Méchamment, cette fois, je suis revenu à la charge.

– Il a emporté sa brosse à dents ? ai-je demandé.

– Sa brosse...

Tu l'aurais vue ! Bafouillante ! Ahurie ! Complètement perdue.

– Il l'a emportée, oui ou non ? Écoute, ma petite Sylvaine, je ne suis pas fou. Tu me dis qu'il est parti pour Amsterdam. Bon. Mais pas les mains dans les poches. Il a forcément emporté un nécessaire de toilette, des objets personnels, une petite valise. Et puis, il a changé de costume.

– Oui, sans doute, fit-elle d'un ton mal assuré.

– Vérifie, quand tu rentreras. Si tu t'aperçois que son dentifrice et sa brosse à dents sont toujours à leur place, si la valise habituelle est toujours dans la penderie, si...

Elle s'est bouché les oreilles.

– Vous pourriez écouter, a observé de loin Roudoudou, avec tristesse. Lamartine mérite un peu d'attention.

Sylvaine a pris une attitude studieuse et m'a soufflé :

– Tu m'embêtes. Je ne suis pas une espionne.

– N'empêche que ton Vaubercourt, tu ne l'as pas revu depuis qu'il t'a giflée. Il est loin, maintenant... Et pas à Amsterdam.

Piquée au vif, elle s'est retournée.

– Tu veux une preuve ? C'est facile. Passe à la

maison, vers cinq heures. Tu l'entendras téléphoner. Ça te suffira, oui ?

Le ton sifflant, mon vieux. La voix mauvaise. Le visage de l'ingratitude.

– Qu'est-ce que vous pouvez être casse-pieds, a maugréé Brûlart, en repliant sa B.D. On ne s'entend plus, ici.

Durant toute la matinée, elle m'a évité et j'ai rongé mon frein. M'inviter d'autorité chez les Vaubercourt, cela ne me disait rien. Sous quel prétexte ? Je ne sais pas comment t'expliquer : par tout ce que j'avais vu et tout ce que j'avais appris, j'étais devenu clandestinement un de leurs intimes, et voilà que, si je me rendais à l'invitation de Sylvaine, j'allais devoir me conduire, devant madame Vaubercourt, en dadais gauche et guindé, et Sylvaine se régalerait de ma timidité. Je passerais devant elle un examen impitoyable. Je rougirais, je m'excuserais de venir consulter, par exemple, le cahier de textes de ma camarade et madame Vaubercourt protesterait : « Vous ne me dérangez nullement, n'est-ce pas, Sylvaine. » Et si elle m'invitait à goûter ? J'en avais des frissons. Manœuvrer une petite assiette, une tasse, une cuillère... « Un peu de lait, monsieur Robion ? » Tout finirait sur la moquette. Non. J'aimais mieux renoncer. Après tout, le Vaubercourt, je m'en fichais pas mal. Si ça lui plaisait d'être mort !

Ici, je te prie de ne pas rigoler. Une tempête

sous un crâne, tu ne sais pas ce que c'est. Tu n'as pas lu *Les Misérables*. Au fond, tu vis comme un asticot... la bouffe, le dodo... Pardon, mon vieux Paul, c'est cette Sylvaine qui me rend dingue... Parce que, finalement, j'y suis allé. En me traitant de tous les noms, d'accord. En me bottant mentalement le derrière, et, tandis que j'écris ces lignes, je suis encore indigné de ma faiblesse. Mais je l'ai entendu, le coup de téléphone.

Ouais, mais avant, j'ai eu droit à toutes les gâteries que je prévoyais, la mère et la fille plus sucrées l'une que l'autre, et pour tout dire, en faisant trop. J'avais l'impression d'être au théâtre : l'inévitable pudding que je redoutais (à la crème, tu t'en doutes) et bien entendu le dérapage de la dernière bouchée en direction du tapis. « Laissez ! Ça ne tache pas. » Ah ! je te jure que rien ne m'aura été épargné. Et tout ça pour entendre quoi ? Madame Vaubercourt qui décroche, après un coup d'œil à sa montre : « Vous permettez, monsieur Robion. J'appelle mon mari. Non, non. Restez... Ce n'est pas confidentiel... Allo ?... Sébastien ?... Je ne t'entends pas très bien... (L'écho faible d'une voix, qui paraît pressée, qui semble donner des instructions. Sylvaine me fait une mimique qui signifie : « Là, tu es content ? Tu l'as, ta preuve. ») Tu vas rester plusieurs jours, là-bas ?... Non, ne t'inquiète pas pour ton père, nous irons le voir. Bon. Eh bien, ne te fatigue pas trop. Et sois prudent. Les cigares hollandais ! Oui, je sais. Je me mêle de ce qui ne me regarde pas... Vous avez beau temps ? Nous aussi. C'est ça, à très bientôt. »

Et elle raccroche. C'est tout. Je suis horriblement déçu. Quelques minutes plus tard, elle se lève. « Travaillez bien, tous les deux », dit-elle. Salutations. Poignées de mains. Tout ça sans intérêt. Je passe. Je me retrouve avec Sylvaine. Elle enchaîne aussitôt :

– Il a emporté sa brosse à dents, si tu veux savoir. Et sa valise. Nous voilà tranquilles, maman et moi, pour un bout de temps.

J'ai envie de riposter : « Tu ne serais pas plus soulagée si tu étais sûre de ne jamais le revoir ! » Mais à quoi bon ranimer la querelle. Puisque Vaubercourt était mort – de cela je ne démordrai jamais – la vérité ne tarderait pas à éclater. Ou bien... l'idée m'en vient à l'instant... Vaubercourt souhaitait peut-être disparaître... Si tu veux bien, on va examiner tout à l'heure cette hypothèse. Il n'est pas bête, ton vieux Sans Atout quand il se met à phosphorer. J'ai donc fait celui qui est entièrement convaincu. Je n'allais pas jusqu'à m'excuser de mes soupçons, mais j'ai pris l'air un peu gêné du pauvre mec qui aime autant qu'on passe l'éponge.

– Moi aussi, ai-je dit lâchement, je suis bien tranquille quand je suis seul à la maison. Et encore, moi, mes parents s'entendent bien.

– Ce n'est pas comme ici, a rétorqué Sylvaine.

– Ah ? Il y a du tirage ?

– Si maman avait moins bon caractère, il y a longtemps que...

Elle a changé brusquement de conversation, m'a pris impétueusement la main.

– Tu seras encore là, si j'ai besoin de toi ?

– Toujours. Tu peux compter sur moi.

Elle m'a regardé d'une façon bizarre, comme si elle pesait un pour et un contre. Il y avait de l'émotion dans l'air. J'ai battu en retraite parce que j'ai horreur des situations fausses.

– À demain, Sylvaine.

– À demain, François.

Et maintenant, j'en viens à mon idée. Si tu rassembles tous les petits indices en ma possession – et d'abord la tentative de fugue de Sylvaine – mais aussi le reste, l'ambiance, la voix de madame Vaubercourt au téléphone, sa façon de conclure : « C'est ça, à très bientôt », sans la moindre trace d'affection, plus la remarque de Sylvaine : « Si maman avait moins bon caractère », n'en viens-tu pas à penser comme moi que tout ne tourne pas rond chez les Vaubercourt ? Ils songent peut-être à se séparer ! Des scènes comme celle de la gifle doivent être fréquentes, et pour peu que la mère essaye de prendre la défense de la fille, ça doit tourner plus d'une fois au vinaigre. Moi, plus j'y pense et plus je suis persuadé que je brûle. C'est probablement ça, la vérité. Va-t'en savoir s'il n'y a pas eu, chez les Marchetti, une reprise sournoise de l'orage déclenché par l'éclat de Sylvaine ? Je vois très bien Vaubercourt cherchant un prétexte pour s'aérer un instant, calmer la colère qui l'étouffe encore... Il rentre chez lui... peut-être parce qu'il se sent brusquement malade... et c'est la syncope.

Bon, je suis coincé. Je tiens les deux bouts de la chaîne et tout le reste n'est que supposition. Je l'ai vu sans vie d'une part, et de l'autre, je l'ai entendu au téléphone. Quelle explication trouver pour que les deux choses se raccordent ? C'est pourquoi mon idée de divorce me congestionne la cervelle. Je ne peux plus m'en débarrasser.

Donc... donc, madame Vaubercourt s'était déjà demandé si elle devait rester avec cet homme impossible. Ça va tout à fait dans mon sens, n'est-ce pas ? Mais attends, je n'ai pas fini. Vaubercourt est un commerçant. Il n'a pas intérêt à étaler sur la place publique sa mésentente conjugale. Les querelles, c'est entre quat'z-yeux. Si vraiment il y a mésentente, personne, autour d'eux, ne doit le savoir. Peut-être à cause, aussi, du grand-père Vaubercourt. Je vais prendre des renseignements de ce côté-là, mais, à première vue, il doit être souffrant puisque madame Vaubercourt a dit : « Ne t'inquiète pas pour ton père. »

Et maintenant, mon cher Watson, je vais clore cette monstrueuse lettre. Encore une petite minute pour répondre à la question que tu te poses. Tu te demandes pourquoi diable je me donne tant de peine, alors qu'il me serait si facile d'attendre. Bien sûr, il n'y a qu'à laisser faire le temps. Vaubercourt reviendra ou ne reviendra pas. La réponse se formulera d'elle-même et ce n'est pas à moi qu'il appartient de fourrer le nez dans les affaires de ces gens. Tu es embêtant avec tes questions. Figure-toi que je me dis exactement la même chose. Pourquoi est-ce que je m'agite tellement ?

Eh bien, je crois que c'est à cause de Sylvaine. Sylvaine, ce n'était d'abord qu'une copine. Si elle n'avait pas été une espèce de virtuose du patin à roulettes, je n'aurais pas fait attention à elle. Seulement, l'autre soir, c'est chez moi qu'elle est venue se réfugier. Tu comprends ? Elle pouvait, tiens, par exemple, appeler son oncle, le frère de sa mère. Elle m'a parlé de lui, une fois... un bonhomme qui a un drôle de nom... Cotinois, quelque chose comme ça. Je me renseignerai. Pourquoi a-t-elle pensé que moi... moi seul, j'étais capable de l'aider ? C'est cette confiance qui me touche. Sur le moment, elle m'a choisi et c'est ça qui compte. J'ai quand même pris le risque de lui ouvrir le chemin du retour. Elle ne l'oubliera plus. Ajoute à ça que j'ai vu quelque chose que je ne devais pas voir, ce qui va l'obliger à me ménager et peut-être à me traiter de plus en plus en ami. Je te raconterai, puisque cela t'amuse. Tu te rappelles notre Bête du Gévaudan (1), nos pérégrinations spéléologiques. En ce temps-là, tu étais un vrai petit Tarzan. Ce temps-là reviendra, mon petit vieux.

En attendant, si je me démène autant, c'est pour Sylvaine, comme je viens de te le dire, mais aussi pour toi, parce que là où je suis, tu es ! En un sens, Sylvaine, elle est à nous deux. Et maintenant, tâche de dormir un bon coup à ma place. Avec toutes mes histoires tordues, je n'ai plus qu'un pauvre petit sommeil de misère. Tchao !

S. A.

(1) Voir *Dans la gueule du loup.*

– Allô, Paul ? D'où m'appelles-tu ? De Saint-Hilaire ? Quelque chose de cassé ?... Non, tant mieux. Ah, tu as reçu mes lettres... Gratinées, hein ?... Ça c'est de l'aventure. Quoi ? Vraiment, ça t'amuserait de collaborer à mon enquête... D'accord. Mais alors ne mobilise pas le téléphone. On n'aime pas me voir suspendu à l'appareil... Mes parents sont rentrés et je ne dis pas que je suis sous surveillance, mais j'aimerais mieux que tu m'écrives... Bon, j'écoute et je prends note. Tu prétends qu'il n'y a que trois solutions... Ne parle pas trop vite. Je t'écoute.

Premièrement, j'ai eu une hallucination. C'est bien ça ?... Deuxièmement, Vaubercourt a eu une syncope... D'accord ?... Et troisièmement, Vaubercourt a un sosie.

Tu dis ça sérieusement ? Mais alors, ce sosie, comment et pourquoi l'aurait-on déménagé ? Écoute, mon petit Paul, je te remercie de ce coup de main que tu veux me donner. Seulement, tu t'excites et ça ne vaut rien pour ta santé. Reste bien tranquille. Laisse-moi faire. Je te rassure tout de suite. Je n'ai pas eu d'hallucination et il n'y a pas de sosie.

À bientôt. J'entends que ça grouille, à côté. Je t'embrasse. Même si tu es contagieux.

# 4

– Papa, la galerie Vaubercourt, ça te dit quelque chose ?

– La galerie Vaubercourt ? fait Maître Robion. Tu t'intéresses à la peinture, maintenant ?

– J'ai un exposé à faire pour mon prof de dessin.

– Ah ! C'est pour cela que tu étais préoccupé, pendant le repas.

– François, interrompt madame Robion, prends un fruit et cesse d'être dans la lune.

– Oui, poursuit l'avocat, c'est une galerie très connue. Peut-être un peu moins, maintenant que le vieux Vaubercourt est malade.

– Qu'est-ce qu'il a ?

– Probablement un cancer. C'est du moins ce qui se murmure. Il a bien un fils, un nommé Sébastien, mais le père et le fils ne s'entendraient pas très bien, paraît-il. En tout cas, le fils, je ne l'ai jamais rencontré. En revanche, j'ai été en rapport avec le père, au moment de la succession Libmann. Une affaire terriblement compliquée.

– Raconte.

– François, prie madame Robion, regarde où tu mets tes épluchures.

Maître Robion consulte sa montre et fait mine de se lever. Sa femme le retient par la manche.

– Bois ton café, dit-elle.

– Je dois être au Palais dans une demi-heure, proteste l'avocat.

Il se rassied et se tourne vers François.

– L'affaire Libmann, il s'agissait plutôt de la succession Libmann. Le bonhomme possédait une collection de tableaux d'une très grande valeur, qu'il souhaitait léguer à l'État. À sa mort, il y eut conflit avec le fisc et avec des neveux qui s'estimaient frustrés et prétendaient en outre qu'il y avait des faux parmi les meilleures toiles. Procès. Querelles d'experts. Les neveux s'adressent à moi. À tout hasard, je fais appel à Gabriel Vaubercourt, dont les avis faisaient autorité, etc. etc. Je doute que cela puisse concerner ton exposé.

– J'aimerais bien la voir, cette galerie.

– Pourquoi celle-là, justement ?

– Oh ! une idée, comme ça.

– Rien ne t'empêche d'y aller. Elle est tout près de l'Étoile. L'entrée est libre, bien entendu. Là-dessus, je vous quitte. Mais je serai curieux de lire ton travail, mon petit François. Et quand tu la visiteras, cette galerie, prends l'air captivé d'un véritable amateur. Je te dis ça parce que tu verras surtout des peintures d'avant-garde et ça m'ennuierait que tu paraisses sortir de la campagne.

– Et si je rencontre le fils Vaubercourt ?

– Eh bien ?

– Tu ne pourrais pas me faire un petit mot ?

J'aurai sûrement des explications à demander. Ça m'aiderait.

– Non, dit Maître Robion. Il vaut mieux ne rien devoir à personne. Débrouille-toi. Tu es plus hardi, d'habitude. À ce soir.

François, en vérité, n'attend pas grand-chose de cette visite. Le père Vaubercourt, s'il est malade, ne doit plus venir à la galerie. Et son fils se déplace beaucoup... François ricane... il doit se déplacer comme le font les fantômes, car enfin... le mort de l'atelier, ce n'était pas une hallucination. « De deux choses l'une, se dit François, ou bien je ne tarderai pas à voir des rats courir autour de ma chambre ou des araignées descendre du plafond, et moi, qui ne bois que de l'eau, j'aurai la preuve que je suis alcoolique, ou bien, en mon âme et conscience, je pourrai continuer à jurer que le Sébastien Vaubercourt était bien là, définitivement ratatiné. Conclusion : il faut aller la voir de plus près, cette galerie, de même qu'il faut garder le contact avec Sylvaine, de même qu'il faut surveiller leur appartement, de même qu'il faut avoir l'œil sur l'oncle Guillaume ; bref, sur tout ce qui touche les Vaubercourt, et tout cela pour rien, simplement pour savoir. »

Mais savoir est une dévorante passion. François s'est déjà vu plusieurs fois tourmenté jusqu'à l'idée fixe par des problèmes sans intérêt, des jeux logiques comme en proposent certains journaux et quand vous en avez un dans la tête, ça tourne là-dedans, ça ronfle, ça se cogne comme une mouche dans un pli du rideau. Et cette fois la mouche est de taille.

Quelques instants plus tard, François file comme une flèche. Avant son cours de maths de l'après-midi, il a le temps de passer à la galerie. Il va la regarder attentivement pour la décrire à Paul, dans une prochaine lettre. Mais attention, ne pas se donner l'allure d'un amateur qui se propose d'acheter. On a exactement l'air de ce qu'on est ; c'est-à-dire d'un collégien, et pas d'un client, ni même d'un curieux, et l'on risque de se faire éconduire. Tandis que si l'on se comporte comme quelqu'un qui cherche, qui paraît un peu inquiet, rien de plus facile que de répondre si on vous questionne : « Je devais retrouver mon père ici », et le tour est joué.

Mais d'abord flâner devant la vitrine ; il faut avouer que ces toiles n'offrent pas un grand intérêt. François s'arrête devant un tableau, mais est-ce un vrai tableau ? Ça représente l'intérieur d'un placard à balais et c'est d'une minutie, d'une précision ! Une photo n'en dirait pas plus. En somme, c'est une espèce de nature morte, mais au lieu de montrer des fleurs ou des fruits, ou un poisson sur un plat, c'est quelque chose d'encore plus mystérieusement mort, comme si, derrière ce placard où tout est en ordre, il y avait une maison déserte ou plutôt une maison qui n'aurait jamais été habitée. Une drôle de maison d'ailleurs ! Des balais pour ne pas balayer ; des chiffons pour ne pas essuyer, des objets disposés là ni pour l'œil, ni pour la main. Des objets pour personne. Un non-tableau. Un truc qui efface celui qui regarde. François a entendu parler en classe de l'école « hyperréaliste », mais il ne pensait pas qu'une chose comme ça pourrait le troubler. Or, cela lui rappelle l'impression qu'il a éprouvée en entrant dans l'atelier... la silhouette écroulée, les comprimés éparpillés sur le bureau, et tout autour, ces meubles, ces chaises, réfugiés dans une sorte d'absence inhumaine.

Et c'est maintenant qu'il a un peu peur. Devant Sylvaine, il a fait le bravache. Facile ! Il a beau être jeune, il a déjà été confronté à de drôles de situations. Tant que le défunt est là, le cadavre, en un sens, joue le jeu. Mais quand il se met à tricher, à faire comme s'il n'avait jamais été là... François s'embrouille dans des pensées qui le dépassent. Ce qui est sûr, c'est qu'il sent un vague malaise. Il appelle cela : le coup du placard aux balais, et il a les jambes molles, comme s'il hésitait à entrer.

Cependant, il entre, la mine chercheuse, l'œil étonné. Il parcourt une première salle. Quelques curieux, l'un se reculant, penchant la tête, à gauche, à droite ; l'autre, le nez sur une signature indéchiffrable ; une jeune femme avec un caniche sous le bras ; une sorte de religieuse aux longs cheveux, pieds nus dans des sandales... un silence d'église. François, par correction, donne un rapide coup d'œil à des choses qui lui paraissent des grimaces de peinture. Il ne sait pas du tout ce qu'il espère. Deuxième salle, plus petite. Quelques portraits, quelques paysages. On dirait bien des paysages. On croit reconnaître des arbres, de l'eau.

– Vous cherchez quelqu'un, monsieur ?

La voix fait sursauter François. Comme pris en faute, il se retourne vivement. C'est une dame, de noir vêtue, jeune, élégante, sans doute la secrétaire. Derrière elle, il y a un bureau, deux téléphones, mais il faut vite répondre quelque chose. François a oublié ce qu'il avait préparé. Il bafouille un peu.

– Je devais rencontrer Sylvaine.

– Sylvaine Quéré ?

– Oui... enfin la belle-fille de monsieur Vaubercourt. C'est une camarade de classe.

C'est fou ce que la pensée court vite, en pareil cas. Évidemment, Sylvaine porte le nom de son père, pas celui de son beau-père. Attention à ne pas dire de bêtises.

– Je ne l'ai pas vue, explique complaisamment la secrétaire, mais je peux lui faire une commission.

– Bof !... Je reviendrai. On a un travail à faire pour notre professeur de dessin.

François s'enhardit. Il ajoute, avec juste la dose de timidité qu'il faut :

– Si monsieur Sébastien Vaubercourt avait été là, il n'aurait peut-être pas refusé de me donner quelques conseils.

– Il en aurait sûrement été heureux, mais il est absent.

– Pour longtemps ?

– Ça, je l'ignore. Mais Sylvaine vous renseignera. Si vous voulez l'attendre ? Voici un catalogue. En ce moment, c'est l'exposition Garsanian.

Elle tend à François un superbe livret.

– Si vous avez besoin de quelque chose, demandez-moi.

Et voilà François transformé malgré lui en amateur d'art. Pour ne pas paraître suspect, il passe en revue quelques toiles. Ce visage, si on peut appeler ça un visage ! Les yeux sont à côté du nez. Numéro 17. Le catalogue révèle qu'il s'agit d'un autoportrait. Sans blague ! « Mon petit Paul, tu ne voudrais jamais me croire. Et si je t'énumérais tout ce que je lis dans le catalogue ! Numéro 12 : *Coucher de soleil.* Tu dirais un œuf sur le plat. Un œuf bleuâtre, bien entendu. »

François gagne tout doucement la sortie. Il admet qu'il n'est pas un fin connaisseur. Il a peut-être à son insu côtoyé des chefs-d'œuvre. Il n'a pourtant pas perdu son temps. Vaubercourt est en voyage.

Mais que voit-il ? Qui est-ce qui arrive d'un pas pressé ? Sylvaine en personne. Normal, après tout. Elle rend visite à son grand-père Vaubercourt, mademoiselle Quéré.

– Toi, ici ! s'étonne Sylvaine. Qu'est-ce que tu fabriques ?

– Et toi ?

– Moi, c'est maman qui m'envoie. Sébastien est obligé de rentrer par Londres et pas avant la semaine prochaine. À cause d'une vente chez Christie's (1).

– Il aurait pu téléphoner directement à son père, objecte François.

– Non. Ils sont rarement d'accord, tous les

(1) Christie's est l'équivalent de l'Hôtel des Ventes de la rue Drouot.

deux. Tandis que si sa décision passe par maman et est transmise par moi, ça évite les empoignades, surtout que grand-père doit se ménager beaucoup.

– Tu l'appelles grand-père ?

– Oui, bien sûr. Il nous aime bien, maman et moi. Surtout moi, parce qu'il estimait beaucoup papa.

Elle passe son bras sous celui de François et l'entraîne lentement le long des magasins. C'est une chance ; elle est en veine de confidences.

– Papa était un grand chirurgien, reprend-elle. Et autrefois, il a sauvé grand-père, qui n'était pas encore mon grand-père, tu comprends. Souvent, grand-père m'a dit : « Sans Quéré, je ne serais plus de ce monde. »

François l'interrompt.

– Voyons, ta mère s'appelait alors madame Denise Quéré, c'est ça ?

– Oui. Et puis après l'opération en question, les Quéré et les Vaubercourt ont commencé à se fréquenter... C'est comme ça que Sébastien qui était célibataire est tombé amoureux de maman ; il l'a épousée quelque temps après la mort de papa. C'est tout simple. Mais ce qui l'est moins, c'est que Sébastien me supporte difficilement parce que je reste une Quéré.

– Ah, c'est donc ça, s'écrie François. Tu sais, mine de rien, on est en train de sécher le cours de maths. Regarde l'heure qu'il est.

– Tant pis, décide Sylvaine. C'est toujours ça de gagné. Si tu étais chic, tu viendrais m'expliquer la leçon de géométrie. Tu veux bien ?

François s'arrête pour réfléchir.

– Quand ?

– Viens vers six heures.

Bizarre, cette invitation. D'abord, Sylvaine n'est pas mauvaise en maths. Et puis François se dit qu'à la place de sa camarade, il laisserait s'écouler quelque temps ; l'épisode du mort qui n'est pas mort est encore tout proche. Mais l'occasion doit être saisie sans hésitation.

– D'accord, dit-il. Mais en copain. Pas de goûter ni de machins comme ça. Et quand tu auras vu ton grand-père, tu rentreras ?

– Oui, juste le temps de téléphoner à Guillaume.

– Qui est Guillaume ?

– Mon oncle, le frère de maman. Je t'ai déjà expliqué tout ça.

– Non. Je ne crois pas.

– Mais si. Il est homéopathe, et radiesthésiste et un peu dingue, à mon avis. Mais tellement chic ! Ça t'amuserait de le connaître ?

– Je pense bien.

– Je t'emmènerai. Il habite rue des Belles-Feuilles. Tu n'as jamais essayé le pendule ?

– Non.

– Alors, il t'en mettra un dans les mains. Dès qu'il a un visiteur, il lui demande de faire l'expérience. Il appelle ça « tester le fluide ».

– Et ça marche ?

– Je crois, oui.

– Ce n'est pas un truc pour épater ses clients ?

– Mais pas du tout. Il fait partie d'une association très active qui loue ses services à des gens qui cherchent de l'eau, par exemple. À la campagne, c'est fréquent. Tu l'écouterais, il t'en raconterait jusqu'à demain, des histoires, et pas seulement de sources inconnues, mais de bêtes perdues qu'il retrouve, enfin tu vois le genre.

– Des personnes qui disparaissent aussi ?

– Bien sûr.

Ils sont revenus devant la galerie. François est pensif.

– Un oncle comme ça, ça m'aurait plu.

– Alors, à ce soir... Hé, François, je te parle.

– Oui. J'entends. À ce soir. Attends ! Tu as du fluide, toi ?

– Pas beaucoup. Mon oncle m'a donné un pendule pour que je m'entraîne, mais ça me barbe.

– Il est fait comment, ce pendule ?

– Je te le ferai voir et même, si tu veux, tu pourras le garder. C'est un simple fil à plomb. Allez, salut.

François reste seul devant le placard à balais qui le fascine. Toutes sortes d'idées folles se promènent dans sa tête. Il se garde bien de les déranger. Il a lu, dans les journaux, que certains radiesthésistes sont souvent consultés par les gendarmes, quand les chiens policiers sont tenus en échec. Il s'en va lentement.

Un fil à plomb, il y en a un au garage, quelque part sur l'établi, dans le désordre des outils de bricolage dont tout le monde se sert. On peut toujours essayer.

... Une heure plus tard, François, découragé,

jette le fil à plomb sur son lit et se réfugie dans son fauteuil à méditation. Il n'a pas le tour de main. L'engin tourne dans tous les sens ou bien se fige à la verticale, têtu, rétif, inepte. Et pas moyen de parler de la chose en famille. Du pendule, on en viendrait à Sylvaine, de Sylvaine à Vaubercourt, de Vaubercourt à l'escapade nocturne, et puis au mort et puis à sa disparition. Et alors, ça barderait. Non. Il faut se taire. Mais quel secret ! Heureusement, il y a Paul. François s'installe devant son bureau.

Cher vieux clopin-clopant...

Il rêvasse. Il ne se sent pas en forme. Au bout d'un moment, il écrit :

La suite ce soir. Il y aura peut-être du nouveau.

J'arrive de là-bas et bien sûr qu'il y a du nouveau. Ah, mon pauvre vieux, ça y est. Je suis mordu. Je viens d'attraper la radiesthésie comme on attrape la grippe. Dans ma poche, j'ai un des pendules de l'oncle et devant moi, là, sur le bureau, j'ai un autre bijou de pendule, un petit cône de cristal au bout d'une fine chaînette dorée, le pendule personnel de Sylvaine. Elle me l'a donné en me disant : « C'est parce que je t'aime bien » et aussitôt elle a ajouté : « À une condition », parce que c'est ça, les filles : ça ne sait pas donner sans condition. Donc, elle m'a dit : « À une condition. Tu promets... » Tu penses, j'aurais promis n'importe quoi pour l'avoir, cette petite chose toute vibrante de lumière. « On ne parlera plus jamais de l'autre soir... de ce que tu prétends avoir vu. Promis. Juré. » Moi, tu me connais. Il n'y a pas plus faux jeton quand j'ai envie de quelque chose. Et ça aussi, c'est bien les garçons ! Alors, j'ai tendu le bras. Bref, tu vois la suite. Sylvaine m'a embrassé. C'était vachement solennel. Et pendant toute la cérémonie, j'entendais une petite voix qui me chuchotait : « Faut-il que ce soit important, ce que tu as vu. Te laisse pas faire, idiot ! » Je reçois le pendule-bijou et par-dessus le marché ce que Sylvaine appelle « le pendule de travail », ce machin, dans ma poche, qui est constitué par une ficelle et une petite boule d'acier provenant d'un roulement à bille. De la leçon de géométrie, plus question. Mais tout de suite la première démonstration. Je te résume :

Tu prends ton pendule et tu le tiens bien droit au-dessus de ta main gauche, la paume tendue. Tout d'abord, il ne bouge pas. Et puis, très lentement, il commence à tourner, dans le sens des aiguilles d'une montre. Mais je te l'affirme : il tourne tout seul et de plus en plus vite.

– Qu'est-ce que tu as comme fluide, dit Sylvaine, qui admire.

Je surveille mes doigts. Je vois bien qu'ils se prêtent un peu, qu'ils encouragent, par d'imperceptibles contractions, le mouvement du pendule.

– Pas du tout, proteste Sylvaine. Moi aussi, au début, je le croyais. Mais mon oncle m'a expliqué : c'est le pendule qui fait bouger la main et pas la main qui fait bouger le pendule.

Tu sais à quel point j'aimais les trains électriques et les avions miniatures et tout ce qui semble animé d'une vie personnelle. Eh bien, c'était la même chose en mieux. J'avais l'impression de garder un pied dans l'enfance et de fouler avec l'autre un terrain inconnu, merveilleux, vaguement dangereux. Je ne me lassais pas de regarder cette petite boule qui, à en croire Sylvaine, tirait de moi quelque chose de vivant : mon fluide. Bon. Je stoppe l'appareil, très troublé mais l'air le plus sceptique qui soit.

– Tu n'es pas convaincu ? dit Sylvaine.

J'élude et me contente de répondre :

– Ça sert à quoi ?

– Mais à tout.

– Mettons ! Le matin, je m'aperçois que j'ai égaré une chaussette...

– Ce que tu peux être bête, mon pauvre François. D'une main, tu tiens la deuxième chaussette et de l'autre tu explores ta chambre avec le pendule. N'oublie pas, il faut toujours un objet témoin. Ton pendule ne cherche pas n'importe quoi. Il a besoin de savoir ce que tu as en tête. Si tu veux trouver de l'or, garde au poing une bague en or.

– J'ai lu que les bons radiesthésistes peuvent retrouver des noyés, par exemple.

– Facile ! Mon oncle sait le faire. Il l'a déjà fait. Mais il lui faut quelque chose du mort. À défaut d'un objet personnel, une photo.

– Quelle blague !

– Bon. Si tu n'as pas confiance, rends-moi mes pendules.

– Écoute, Sylvaine. J'ai bien le droit de douter, quand même.

– D'accord. Doute tant que tu voudras mais rends-moi mes pendules.

– Non. Je suis prêt à te croire mais à mon tour de te poser une question. Voilà. Si tu peux me donner une preuve que ce machin fonctionne quand on le promène sur une photo, par exemple...

Elle me coupe la parole.

– Ça, je ne saurai pas le faire. Je ne suis pas assez douée. Mais toi, oui, tu pourrais peut-être réussir.

– D'accord. Je vais m'entraîner. Veux-tu qu'on tente l'expérience, la semaine prochaine ? Pendant tout le week-end, on sera en Bretagne pour voir comment notre vieille bicoque a passé l'hiver. Mais mercredi prochain, ça irait ? J'apporterai des photos et toi, de ton côté, tu en auras bien quelques-unes.

Je passe sur les détails. Sylvaine a dit « oui », mais du bout des lèvres. Elle m'a prêté un ouvrage de vulgarisation : *La rhabdomancie en 20 leçons*. Je vais me plonger là-dedans. C'est plein de dessins, de croquis. J'adore ce genre de bouquin. Plus c'est hermétique, plus c'est chouette.

Bonsoir. Le Grand Sorcier te salue...

François.

Tu devines où je veux en venir, avec Sylvaine !

Mercredi soir.

Je te préviens. J'en ai pour un bout de temps. Brève escale à Kermoal (1). La tempête du 22 janvier a sérieusement malmené la façade ouest, mais dans l'ensemble, la vieille bicoque a tenu le coup. Bon. Je passe. Pour le moment, je n'ai qu'une chose en tête : le pendule. J'ai dévoré le bouquin. Il y a tout un fatras pseudo-scientifique, à base d'ondes, de vibrations, d'explications vaseuses. Sans intérêt. Ce qui compte, ce sont les témoignages. Les noms, les dates, les circonstances, et ça, c'est du sérieux. Enfants égarés et retrouvés, objets de valeur déterrés, et je ne parle pas des cadavres récupérés, comme si c'était là une spécialité des radiesthésistes.

Aucun doute. Le pendule est un outil extraordinaire, quand on sait s'en servir. Je fais de mon mieux. Dès que je suis seul (parce que j'aime autant qu'on ne s'aperçoive de rien), je m'exerce, surtout avec le pendule de cristal. Et ça tourne. Tantôt dans le bon sens, et tantôt dans l'autre. Va-t'en savoir pourquoi ? J'ai essayé avec des cartes à jouer. Tu les places le côté face sur la table, au hasard, et tu commences à réciter : cœur, pique, trèfle, carreau. Bien entendu, tu gardes dans la main gauche une carte témoin. Si ton pendule se met énergiquement en mouvement au-dessus d'une carte, c'est qu'il désigne la couleur que tu as choisie. Aussitôt après, tu récites : as, roi, dame, etc. Ça y est, ton pendule

(1) Voir *Sans Atout et le cheval fantôme.*

prend le mors aux dents. C'est que tu viens de tomber juste. Par exemple : tu es sûr qu'il s'agit du valet de pique ou du dix de trèfle. Tu vérifies. C'est l'as de cœur. Ah ! Il faut être patient. Mais tu réussis six ou sept fois sur dix.
Surtout le soir. Le matin, ça ne va pas fort. Ton pendule tourne à l'envers. J'ai lu, dans mon bouquin, que le temps a son rôle à jouer. Le vent d'ouest est favorable. La tendance à l'orage désastreuse.

Tu te dis, n'est-ce pas, que je suis encore plus dingue que d'habitude. Ce n'est rien à côté de ce qui va suivre. J'ai réuni quelques photos - tout de suite le grand jeu, comme tu vois - des photos d'album, des parents, des cousins, des amis... Eh bien, crois-moi ou pas, mon pendule a tourné à l'envers au-dessus des disparus... Mon cousin André, victime d'un accident de moto, à l'envers. Mon arrière-grand-mère, Léocadie, à l'envers. Elle avait 92 ans, d'accord. Mais mon pendule n'en savait rien. Bref, j'ai calculé, 68 % de succès. Alors, qu'on me fournisse une photo de Sébastien Vaubercourt et je saurai aussitôt s'il est mort ou vivant. Voilà où je veux en venir. Évidemment, je ne serai sûr qu'à 68 %. Mais quelle probabilité ! Aussi je me suis entraîné, durant ces quelques jours, comme un sportif, comme un duelliste. Parce que si j'ai la quasi-preuve que Sébastien n'est plus de ce monde, il faudra bien que je fasse quelque chose. C'est encore vague dans mon esprit, mais je reviens à mon récit.

Je ne sais pas raconter, excuse-moi. Je voudrais tout dire à la fois. Pour l'instant, j'arrive chez

Sylvaine. Sa mère est chez le coiffeur. Nous sommes seuls. J'ai apporté un lot de photos. De son côté, elle a tenu sa promesse et même au-delà, car elle a préparé son petit appareil de projection. Nous allons disposer de diapositives et d'un film d'amateur. Je sors mon pendule. Je fais quelques exercices d'échauffement, pour épater Sylvaine. Les filles, on gagne toujours à les épater. Et on s'y met.

Photo d'un homme habillé d'un polo et d'un pantalon de toile. Je le reconnais.

– C'est Sébastien.

– Non, dit Sylvaine, c'est grand-père. Ils se ressemblent beaucoup. Il n'y a entre eux qu'une différence de vingt ans.

Qui est épaté ? Tu le devines. Défilent ensuite d'autres photos, banales, mais plusieurs, cependant, retiennent mon attention.

– Où est-ce que ça a été pris ?

– Dans le jardin des Quéré. La grande maison, au fond, nous appartient à ma mère et à moi. Papa l'avait achetée deux mois avant sa mort.

– Où est-elle ?

– À quelques kilomètres de Brest, sur la route de Portsall.

Cette fois, l'étonnement me cloue le bec.

– Nous n'y allons jamais. Je pense que maman la vendra, achève Sylvaine, tristement.

Bon. Sans commentaire.

Ah ! Voici enfin une photo assez réussie. Plan moyen de Sébastien, car, cette fois, c'est bien lui. Je dois dire que je ne l'ai pas vu de face, puisqu'il était tombé le visage sur le bureau, si bien que j'ai surtout retenu l'image d'un profil un peu écrasé. Mais il y a l'oreille, la forme générale de la joue, les cheveux ondulés, tous ces détails bien présents à ma mémoire et je les retrouve ici sans aucun doute possible. Au dos de la photo, il y a une ligne écrite par une main féminine : *Bruges. 12 mai 1985.*

– Maman note toujours la date, explique Sylvaine.

Je calcule rapidement. Le 12 mai, c'était le mois dernier, donc bien avant le fameux soir. Mais que l'image soit ancienne ou récente, c'est sans importance si mon pendule est capable d'indiquer la mort. Je me mets en position. Je sens que nous sommes très tendus, Sylvaine et moi. Silence. Le petit cône brillant se balance, et puis, avec lenteur, comme s'il se décidait à regret, voilà qu'il amorce un mouvement de rotation très mou, de gauche à droite. Impossible. J'ai lu dans le manuel que la giration se fait de droite à gauche, en cas de décès.

– Tu n'as pas l'air content, dit Sylvaine.

Je n'ai pas le cœur à répondre. J'éparpille les photos et j'en choisis une qui date du 6 avril 1985. Décidément, il est toujours en voyage. À nouveau, les dents serrées, la respiration retenue, et cette saloperie de pendule qui va, qui vient, qui ne sait plus où est sa gauche, où est sa droite. Enfin, il semble choisir de tourner à l'envers. Je l'encourage, mentalement. « Vas-y, fainéant. Tu ne peux pas ignorer qu'il est mort ! » Il prend de la vitesse. Il me donne raison.

Sylvaine l'intercepte et le stoppe. Moi, j'ai juré,

tu te rappelles, qu'on ne parlerait plus de la scène de l'atelier. Donc, je reste muet, mais mon silence est facile à interpréter. C'est comme si je disais : « Alors, tu as compris, maintenant ! » Tu penses. Elle s'entête ; elle pousse vers moi une troisième photo.

– Essaie encore.

Très décontracté, le geste ample, le fil tendu entre le pouce et l'index, comme si je m'apprêtais à vanter un article ménager, je commence à survoler le portrait et hop, ça part instantanément et en force. De droite à gauche, bien entendu. Pauvre Sébastien ! Il est mort plutôt deux fois qu'une. Je rempoche le pendule. Sylvaine se mordille la lèvre, pensivement. Je lui propose de continuer.

– Attends, dit-elle, je voudrais te montrer quelque chose.

Elle tourne vers la porte servant d'écran, son appareil de projection. Un film très court est engagé dans les rouages compliqués de la machine.

– Éteins, dit-elle.

Elle embraye et le film dessine sur la porte un rectangle de lumière tremblotante. Je découvre qu'il s'agit d'un tableau. Une Vierge à l'Enfant. Celui qui tient la caméra recule peu à peu et un nouveau personnage entre dans le champ. On le voit très distinctement de trois quarts. Sébastien Vaubercourt. Il s'adresse à un interlocuteur invisible. Sa main commente ses paroles ; il tend un doigt qui détaille certaines particularités de la toile, suit les plis du vêtement. Son améthyste accroche des reflets. Et moi, je suis écrasé de stupeur, car c'est une chose de regarder une photo et c'en est une autre de voir bouger un vivant.

– Tu peux rallumer, dit Sylvaine.

Elle sort la bobine de l'appareil et la range soigneusement dans une boîte métallique sur laquelle est collée une étiquette. Je lis : *Londres. British Museum. 5 juin 1985.*

Le 5 juin, c'était trois jours après le soir tragique. Est-ce que tu m'entends ? Trois jours après !

Le 5 juin, Vaubercourt était vivant.

# 5

– Est-ce que c'est sérieux ? demande madame Robion.

Elle accompagne en chuchotant le docteur Meige et lui ouvre la porte du bureau de son mari. Le docteur s'assied et commence à rédiger une ordonnance.

– Il lui faut un fortifiant et du repos, dit-il.

– Mais ce manque de sommeil ? Ces cauchemars ?

– Nous allons le faire dormir. L'année scolaire s'achève. Vous pourriez peut-être le garder à la maison. Il travaille beaucoup ?

– Il nous désole, docteur. Il se passionne pour des choses bizarres. Plus c'est bizarre, plus ça l'intéresse, et alors il passerait ses nuits à lire.

– À lire quoi, par exemple ?

– Eh bien, en ce moment, c'est la radiesthésie qui le préoccupe. Il a acheté des livres, du matériel ; il a des pendules dans ses poches.

– Ce n'est pas bien méchant.

– Oh si, c'est inquiétant. Qu'il promène au-dessus des plats son pendule pour voir si la nourriture lui convient, passe encore. Cela exaspère son père, mais enfin on ferme les yeux. Mais quand il veut qu'on change l'orientation de son lit parce que les courants telluriques qui traversent sa chambre sont la cause de ses migraines, alors...

Le docteur l'interrompt.

– Elles sont fréquentes, ces migraines ?

– Oui, encore assez.

– Quand ont-elles commencé ?

– Il y a environ trois semaines.

– Avez-vous l'impression qu'il se surmène, au lycée ?

– Non, pas du tout.

Madame Robion baisse la voix et, du ton de la confidence, continue.

– Voyez-vous, docteur, cet enfant apprend ce qu'il veut. Je ne dis pas cela parce que je suis sa mère. Je vous répète ce que disent ses professeurs. Il retient tout. Par certains côtés, c'est déjà un adulte. Il a des curiosités qui ne sont pas de son âge. Mais pour beaucoup de choses, il reste un enfant. Pour répondre à votre question, François est tout à la fois un paresseux qui compte trop sur sa facilité, et un bûcheur qui oublie de boire et de manger quand un problème le préoccupe.

– En somme, résume le docteur, il est toujours en porte-à-faux.

– Exactement.

– Mais j'en reviens à ces cauchemars...

– Ce cauchemar, docteur. C'est toujours le même. François se met à crier : « Allez-vous en. Vous êtes mort. » J'accours, naturellement. Les portes de nos chambres restent ouvertes. Je le trouve assis sur son lit, les mains tendues devant lui, et il continue à dormir. Je l'aide à se recoucher. Parfois, il se réveille. Je lui dis : « Qui est mort ? » Il me regarde sans comprendre. Je vous assure qu'il me fait peur.

– Il a peut-être vu à la télévision quelque chose de terrible. Ce ne sont pas les scènes de violence qui manquent.

– Non, docteur. Je ne crois pas. François ne s'intéresse pas beaucoup à la télévision. Lui, ce sont les livres, presque uniquement les livres.

– Des romans ?

– Justement. Votre question va tout à fait dans le sens que j'indiquais. François est un fanatique d'Alexandre Dumas et, en même temps, il achète régulièrement *Science et Vie*.

– Avant la radiesthésie, est-ce qu'il avait une autre marotte ?

– Les soucoupes volantes. Mon mari a dû lui interdire de prononcer à table le nom d'OVNI.

– Voyez-vous, autour de lui, des influences dangereuses ? Parmi ses camarades, peut-être ?

– Non. Je n'ai pas cette impression. Il a un excellent ami, mais ce pauvre petit est pour le moment en sana. François lui écrit des lettres qui sont de vrais journaux.

Le docteur Meige réfléchit, puis prescrit quelques remèdes et conclut :

– Si vous aviez à la campagne des parents, des proches, qui pourraient accueillir votre fils...

– Facile. Nous possédons à Portsall une vieille bâtisse un peu croulante mais située dans un cadre merveilleux.

– Portsall ? C'est du côté de Brest, n'est-ce pas ?

– Tout près.

– Alors, n'hésitez pas. Je suis peut-être de la vieille école, mais je crois à l'efficacité du changement d'air. Et puis, ne vous tourmentez pas. Il est à l'âge ingrat. Au fait, rappelez-moi son âge...

– Il n'a pas encore quatorze ans.

– Oui, c'est bien ça. Un moment difficile à traverser. Mais j'accepterais bien, pour ma part, d'y revenir, même en courant le risque d'affronter des fantômes. Mes hommages, chère madame. Tenez-moi au courant.

Kermoal.

Cher Paulus Magnus,

Tu as bien lu. Je suis à Kermoal, sur ordre du médecin. Ah, c'est toute une histoire. Mais je ne pouvais pas t'écrire parce que la famille m'avait mis d'autorité au repos. Il m'est arrivé quelque chose d'idiot. Coup de pompe, déprime, appelle ça comme tu voudras. Plus d'appétit, plus de sommeil, ou alors des cauchemars, dont je n'ai gardé aucun souvenir. Ma pauvre mère, bouleversée, tu imagines, m'a raconté que je criais : « Allez-vous en. Vous êtes mort. » Toi qui sais la vérité, tu comprends ce qui me tourmente. C'est vrai ; cette affaire Vaubercourt m'a complètement démoli et elle continue à me hanter, car il s'agit bien d'une hantise. Ce mort qui est vivant ! Ce vivant que j'ai vu mort ! Je ne peux pas m'expliquer, mais je garde cette image sur la rétine comme un tatouage. Et il n'y a pas que mes nuits qui sont mauvaises. Il m'arrive aussi, dans la journée, d'avoir des espèces de crises.

Ça me prend comme une crampe. Je me répète : « Je suis sûr. Je suis sûr », et puis je n'y pense plus pendant une heure. Et puis ça revient. J'ai gardé une photo de Sébastien Vaubercourt. Sylvaine ne s'est aperçue de rien. J'ai mis la photo dans ma poche pendant qu'elle préparait son projecteur et maintenant j'ai tout le temps de faire des expériences. À vrai dire, toujours la même expérience. Je pose la photo à plat, sur mon bureau, et je promène mon pendule au-dessus d'elle. Et c'est là que ça devient diabolique. Quelquefois, le pendule tourne dans le bon sens, de droite à gauche, ce qui signifie que Vaubercourt est mort. Mais quelquefois aussi, il tourne dans l'autre sens, si bien que je ne sais plus. Ou plutôt, si. Je suis bien obligé d'admettre que je ne maîtrise pas mon matériel. Je reste un mauvais amateur. La radiesthésie, ça doit s'apprendre comme tout le reste. Ce que j'aurais dû faire, c'est m'adresser carrément à l'oncle de Sylvaine ; peut-être lui demander des leçons. Je n'ai pas osé.

Tu te rends compte que je ne peux confier à personne mon étrange aventure. Même pas à moi ! La preuve : ça me colle des sueurs froides. Je te vois venir, gros malin. Tu vas me dire : « Et Sylvaine alors ? Est-ce qu'elle n'est pas un peu ta complice ? » Eh bien, non, justement. Et pour une raison bien simple. D'abord, je lui ai promis de ne jamais faire allusion à sa fugue. Mais ce n'est pas ça l'important. L'important, c'est qu'elle m'évite. Plus de parties de patin à roulettes. Pendant les récréations, plus de contacts. Elle s'arrange toujours pour être entourée de deux ou trois copines. En classe, elle se tient loin de moi. Ce n'est pas qu'elle boude. Non. Ce n'est pas non plus qu'elle m'ignore. Elle me sourit. Elle me dit, en passant : « Ça va, François ? » Si tu veux, c'est elle et ce n'est plus elle. C'est Sylvaine à cache-cache. Insaisissable. Un truc de fille. Et moi, ça me rend malheureux.

Bref, il était grand temps de m'expédier à Kermoal. Pas bête, ce toubib. Depuis deux jours, je me sens déjà mieux. Quand tu es adossé à de vieux murs indestructibles, quand tu as devant toi la mer bleue, la campagne fleurie d'ajoncs, l'espace, mon vieux, tu le respires ; tu le tiens dans tes bras. C'est du vrai, ça ne ment pas. Alors, tout ce que j'ai laissé à Paris, ça me fait plutôt marrer. Et Sylvaine, je la mets tout doucement à la porte de mes pensées.

J'oubliais. Je ne suis pas seul. Maman est avec moi. C'est pourquoi je ne t'ai pas téléphoné. D'ailleurs, c'est plus amusant d'écrire. Je te rappelle mon adresse, pour le plaisir : Kermoal, Portsall par Ploudalmézeau. Ton Saint-Chély-d'Apcher, à côté de nos petits patelins comme Tréompan, Treglonou, et surtout l'Aber-Wrac'h, reconnais que c'est de la bibine.

Allez. Kénavo, frangin. À demain.

François.

Kermoal.

Ah ! Pylade de mon cœur, les choses ne sont pas si simples. Est-ce la solitude ? Est-ce ce grand air breton qui crée dans ma tête cette rumeur marine qu'on entend dans les coquillages ? Moi qui me croyais délivré de mes fantasmes, pas du tout ; ils sont là, mais sous une forme nouvelle. Les cauchemars ont disparu. Mes nuits sont calmes. C'est pendant la journée que je suis assailli par une meute de questions. Pour résumer, je suis de plus en plus convaincu que Sylvaine m'a menti. Oui. La douce Sylvaine, avec ses yeux clairs. J'en mettrais ma main au feu. Je ne sais pas quand, ni pourquoi. Mais je suis sûr qu'elle m'a caché des choses. Et tu veux savoir lesquelles ? À mon avis, celles qui concernent ses parents, leurs rapports, leurs querelles. Vois-tu, ce n'est pas normal qu'un bonhomme, sous prétexte que ses affaires l'appellent ailleurs, ne soit jamais chez lui. Papa se déplace beaucoup, mais pas longtemps chaque fois. Et quand les procès menacent de durer, il a un jeune stagiaire qui le remplace. Le Sébastien, lui, je l'ai bien compris, n'aime pas sa maison. Et quand, par hasard, il y fait escale, où se tient-il ? Là-haut, dans son atelier transformé en bureau et en bibliothèque. Il met un escalier entre lui et sa famille. Autant dire un pont-levis.

Tout ça me trotte dans la tête. Et dans le cœur aussi. Parce que Sylvaine, la pauvre Sylvaine, je jurerais qu'elle a du chagrin. Elle m'a menti par amour-propre. Entre un beau-père qui ne l'aime pas et une mère qui n'ose pas la défendre, mets-toi à sa place. Par rapport à moi qui suis heureux, elle étouffe de honte. L'histoire de la gifle, je ne sais pas comment te dire, mais je sens qu'un drame a commencé là. Alors, tiens-toi bien, j'ai résolu de lui écrire. Qu'est-ce que je risque ? À tout casser, une rebuffade. Mais suppose qu'elle me réponde. La plume sur le papier, c'est comme un cardiogramme. Ça laisse voir le secret des sentiments, même si on s'en défend. Et puis d'abord, je signerai Sans Atout, pour qu'elle comprenne bien que je viens en sauveur. L'intérêt que je lui porte, c'est tout bonnement celui qu'on doit à une personne en danger.

Oh ! je sais bien que toi, avec ton cynisme habituel, tu vas te mettre à rigoler. Rigole, mon vieux. N'empêche que mon parti est pris. Je commence mon enquête et pas plus tard qu'aujourd'hui. Si j'en avais l'âge et les moyens, je me renseignerais à fond sur le vieux Vaubercourt, sur les voyages de Sébastien, sur le médecin qui le soigne (tu te rappelles les comprimés éparpillés sur son bureau) et aussi sur Quéré, le père de Sylvaine, sur tout le monde, quoi. Une enquête à la manière d'un « privé » de la Série Noire. Mais, comme je ne peux compter que sur ma jugeotte, rien ne m'empêche d'aller questionner des commerçants, à Portsall. Je n'ai pas oublié que madame Vaubercourt a hérité de son premier mari une petite propriété dans les environs.

Ma cervelle est comme un terreau où les moindres paroles de Sylvaine sont en train de germer. Il y a peut-être des gens qui ont gardé le souvenir du docteur Quéré ; un chirurgien de sa valeur, ça ne passe pas inaperçu. Si j'échoue, tant pis. Mon but, c'est de montrer à Sylvaine que rien de ce qui la touche ne me laisse indifférent. Ou alors elle ne devait pas m'appeler à l'aide.

Mais toi, mon petit vieux, applique-toi à bien suivre à la lettre ton traitement. Tu comptes, pour moi, autant que Sylvaine. Et même bien plus. Une autre fois, je te dirai comment s'organise ma vie à Kermoal. Chose curieuse, j'ai changé. Ce n'est plus l'amour fou. Le cadre, le décor, la pleine mer au bas des murs, les phares parmi les étoiles, ça me touche toujours autant. Mais le reste, le côté Victor Hugo de ce château dont l'entretien coûte à mon père les yeux de la tête, franchement ça ne me convient plus. Entre Kermoal et Portsall, il y a des tas de propriétés charmantes. C'est plein de fleurs. C'est construit pour recevoir le soleil ; ça appelle la chaise longue, le transistor, le « lâchez tout » du cœur. Maman, quelquefois, me dit : « Repose-toi. Ne pense à rien. » Ce serait facile si je disposais d'une terrasse et pas d'un chemin de ronde. En revanche, l'avantage du perchoir, c'est que tu peux t'emparer, avec de bonnes jumelles, de tous les alentours jusqu'à l'horizon, et les jumelles dont je dispose ici sont super. Tu entres partout. Tu découvres qu'un point noir minuscule, tout là-bas, là-bas, sur une murette, c'est un chat noir qui fait sa toilette. Peter Pan, c'est moi, avec mes jumelles. Bon. Je me taille. À demain.

François.

Kermoal. Ce week-end.

Salut, petit jeune homme. J'ai du nouveau. Du gros nouveau. Du très gros nouveau. Figure-toi que, hier après-midi, sentinelle du ciel, je lorgnais du côté de la route de Brest, surveillant les voitures à la queue leu leu qui amènent les gens de la ville à leurs résidences secondaires. Le meilleur moyen de ne penser à rien, c'est d'avoir les yeux occupés. Mais que vois-je ? Une BX blanche. Des BX blanches, ça n'a rien de rare. Sauf si tu entends ton démon familier qui te souffle : « C'est Sylvaine. » Non, ne va pas t'imaginer que je suis obsédé par Sylvaine. Elle est à Paris, Sylvaine, sauf si...

Je ne lâche plus la BX. Elle est quand même trop loin pour que je puisse lire le numéro et voir si elle vient ou non de Paris. Elle bifurque et prend la route du bourg. Puis elle tourne à gauche et s'engage dans le chemin du calvaire. Un bouquet d'arbres la dissimule. Elle reparaît et c'est fini. Le chemin creux l'a absorbée. Mais je sais que non loin du calvaire, il existe trois ou quatre villas. Plutôt des maisons anciennes retapées, mais agréables, entourées de jardins et louées à des citadins. Et il me vient à l'esprit que les Vaubercourt possèdent quelque chose dans le coin. Ce serait miraculeux si c'était leur voiture. Miraculeux mais normal. La saison d'été va commencer. Peut-être viennent-ils s'assurer que leur maison est en état. Nous sommes bien venus, nous-mêmes, jeter un coup d'œil à Kermoal. Mais s'ils sont là, Sylvaine y est aussi. Hop, je cours à la remise où est rangé le vélo. Je te parlerai plus longuement de lui. Il sert à tout le monde pour les petites courses. Les jumelles dans la sacoche. Et je suis sur la route, me disant « les coïncidences, ça existe. Mais quand même ! »

Le pays, je le connais comme ma poche. Il y a un raccourci, à travers la lande, jusqu'au calvaire, planté sur une butte rocheuse. De là, je vais sûrement repérer la propriété qui m'intéresse. Je ne possède sur elle aucun renseignement mais elle doit porter un nom. Ker quelque chose. Ça me suffira pour poser quelques questions à Portsall. J'abrège. Me voilà au pied du calvaire, jumelles aux yeux. Tout de suite, je les situe, ces villas. Elles sont séparées par des haies de tamaris, qui les masquent en partie. Elles ont toutes un étage que je distingue assez bien. Volets clos, partout, sauf la dernière à droite. Il y a une fenêtre ouverte, donc elle est habitée. Ça ne m'avance pas beaucoup. Pas trace de la BX. En me hissant sur le socle du calvaire, j'aperçois un bout de perron. Je reste là, immobile jusqu'à l'ankylose. Rien ne bouge. Tu vas me dire : « Et ton pendule alors, à quoi sert-il ? » Idiot ! Ce n'est pas lui qui me renseignera.

Maman me croit à la plage. J'ai le temps, d'un coup de vélo, d'aller à Portsall. Avant, je peux bien me permettre de passer rapidement devant la propriété, juste le temps de jeter un œil.

Eh bien, je l'ai fait. Il m'a suffi de deux secondes pour découvrir que les propriétaires sont là, qu'il y a un garage le long de la haie, mais portes closes, et enfin que la maison s'appelle *Les Tamaris*. Ils ne se sont pas foulés, ceux qui l'ont baptisée. Mais que je suis bête ! Pourquoi irais-je fouiner à Portsall, alors que j'ai sous la main la brave mère Jaouen. Je t'ai parlé d'elle, il me semble. Après la mort de son mari, elle n'a pas voulu quitter Kermoal, et on est bien content qu'elle soit là. Elle veille à tout. Elle se fait aider par une petite cousine dont le mari travaille à Brest. Comme il a le génie du bricolage, c'est lui qui arrange, qui répare. Notre vieux Kermoal lui doit beaucoup. Je vais donc interroger Anne-Marie. Pour moi qu'elle a vu tout petit, elle est une espèce de tante, de nourrice, de grand-mère. Si tu préfères, elle est une Robion bien plus qu'une Jaouen. Je la trouve dans la cuisine en train d'écosser des petits pois.

– Tu sais, les gens commencent à arriver. J'ai fait un petit tour du côté du calvaire. J'ai aperçu les premiers estivants. Il y a du monde aux *Tamaris*.

– Tant mieux, dit-elle. On n'arrivait plus à la louer. Elle était occupée par un industriel de Roubaix, qui venait tous les ans y passer ses vacances. Et puis il a dû fermer son usine et personne ne l'a remplacé. Les propriétaires en demandent trop cher.

– C'est qui, les propriétaires ?

– Des Parisiens, je crois. On ne les voit jamais, à ce qu'on m'a dit. Ça t'étonne ?

– Oh ! non. Pas spécialement.

– Tout ce que je sais, reprend-elle, c'est qu'ils

passent par une agence de Brest et ce n'est pas très bien vu, à Portsall.

– Quelle agence ?

– Mais qu'est-ce que ça peut te faire ?

– Rien, bien sûr. Rien.

Je croque un petit pois pour me donner une contenance. Je n'ai pas l'intention de visiter toutes les agences de Brest. Mais pourquoi n'essaierais-je pas de téléphoner à Sylvaine, carrément, en copain qui veut prendre des nouvelles. « Où vas-tu passer les vacances ? Et ton beau-père, comment va-t-il ? » Mine de rien. En douce. Décontracté. Le brave, le chouette François « d'avant l'événement » !

J'attends donc la fin de la matinée. C'est l'heure où maman va à Portsall pour acheter différentes bricoles. Le téléphone est dans la pièce qui nous sert de salle de séjour, de salon, de bureau. Tu verras quand tu viendras. J'imagine qu'autrefois, c'était une salle d'armes ; il y fait toujours un peu froid, même en plein été. Je m'assure que je suis bien tout seul et, en conspirateur, à bouche close, j'appelle. Et voilà ! Seulement, c'est la voix de leur femme de ménage. Sylvaine n'est pas là. Elle est auprès de son grand-père qui est souffrant.

– Qu'est-ce qu'il a ?

– Je ne sais pas.

– Et monsieur Sébastien Vaubercourt ?

– Il est parti hier soir avec madame.

– Où ?

– J'ai cru comprendre qu'ils allaient en Bretagne. Mais pour deux ou trois jours, pas plus. Ils n'ont pas emporté de gros bagages.

– Vous avez parlé avec monsieur Vaubercourt ?

– Non. Il n'est pas monté. Il attendait madame dans la voiture. Madame était très pressée.

Tu as bien entendu, mon petit Paul. Il attendait madame dans la voiture. Presque timidement, l'esprit en déroute, je demande :

– Monsieur Vaubercourt ? Vous l'avez vu quand, pour la dernière fois ?

– Oh, ça fait assez longtemps. Quand je viens, il est à son travail. Mais il est toujours aussi exigeant. Si son linge n'est pas bien repassé, ses chemises surtout, il grogne. Il n'est pas commode.

– Vous l'avez entendu grogner ?

– C'est madame qui me prévient. Elle est gentille, madame. Il y aura une commission pour...

– Pour Sylvaine. Dites-lui simplement que François l'a appelée depuis Portsall.

– Portsall ? Madame m'a laissé une adresse, justement.

– Vous l'avez sous la main ? Vous pouvez me la dire ?

– Oui. Le 04-90-01. *Les Tamaris.*

– Vous avez bien dit : *les Tamaris ?*

– Oui.

Je raccroche aussi sec. K.-O. mon vieux. Non seulement le Vaubercourt est vivant, mais il est là, à deux kilomètres. Et alors, tu comprends, puisqu'il est vivant, c'est moi qui suis... Je ne sais plus qui je suis, tiens. Il y a en moi quelque chose qui doit être mort. Des cellules atrophiées dans mon pauvre ciboulot. Quand tu as regardé longtemps une lumière, après, tu vois danser des boules rouges ou vertes. Moi, c'est pareil. Seulement, ce qui danse devant mes yeux, c'est la tête effondrée de ce Vaubercourt de malheur. Cette fois, j'ai besoin de le voir, là, devant moi. Bon sang, quoi ! Tout le monde le voit. Sa femme, Sylvaine, n'importe qui. Il n'y a que moi qui suis tenu à l'écart. Allez ! En selle. Retour au calvaire.

C'est compter sans maman. « Où vas-tu, François ? Tu n'as rien mangé. Ne me dis pas que tu retournes à la plage. Tu y es toujours fourré. » Et bla-bla ! Et bla-bla ! Je l'aime bien, maman, mais elle ne se rend pas compte que je me bats pour récupérer, que c'est une affaire entre moi et moi. Le Vaubercourt, au fond, je m'en fiche. Mais si ma mémoire est pourrie, je dois tout avouer. Papa me conduira chez un médecin. Bon. Je réussis à m'échapper. Vite ! Le calvaire. Jumelles braquées. Je me hisse sur le socle. Si je me penche à fond, il y a dans la haie une étroite trouée, j'aperçois un bout de jardin. Passe une silhouette, rapidement. Je crois bien que c'est la mère de Sylvaine. Elle repasse. C'est elle. Je devine qu'elle s'adresse à quelqu'un. Ce salopard ! Il pourrait bien faire deux pas de plus. Mais non. Je vois un bras qui se tend, une main à laquelle brille un reflet. Sa bague !

Et tout ça, je le constate sans la moindre erreur. Ce n'est pas une scène que je m'invente. Tant pis pour moi. Je descends de mon perchoir. Ah, j'en ai gros sur le cœur, je te jure. Mais je ne désarme pas. Des tas d'idées nouvelles m'assaillent. Rien de tel que le vélo pour carburer et il est en train de me venir une théorie.

Écoute bien : suppose que tout ait été combiné. Sylvaine se réfugie chez moi, me raconte l'histoire que tu sais et s'arrange pour que je me rende seul chez elle. Je découvre un cadavre et on veut me faire croire qu'il s'agit de Sébastien Vaubercourt. Pourquoi ? Pourquoi ont-ils tous besoin d'un témoin ? C'est tout le problème. Pour le moment, je reste bouche cousue. Je suis le témoin qui n'est pas encore appelé à témoigner. Mais qui me dit que, dans un avenir proche, on ne me demandera pas de faire une déposition en règle ? Oui, j'ai bien vu un mort. J'ai cru, sur le moment que c'était monsieur Sébastien Vaubercourt. Je ne peux pas jurer, maintenant, que c'était bien lui. Mais ce qui est sûr, c'est qu'il y avait un mort dans l'atelier.

Tes objections ? Tu penses si je les connais. Peut-être que je déraille, mais je tâche de prendre le problème par un autre bout. Et s'il s'agissait de quelqu'un à qui l'on avait tendu un piège. Ce que j'ai pris pour des remèdes contre l'angine de poitrine, c'était peut-être un somnifère foudroyant. Et puis, les Vaubercourt l'ont enlevé, le séquestrent. Et dans ce cas, Sylvaine... Ah, mon pauvre vieux, c'est une hypothèse qui me brise le cœur. Elle serait leur complice. Ça fait mal ! Attention, si tu insinues que j'éprouve pour elle... n'insiste pas, sinon je te casse la figure. Non. Simplement, ça fait mal, voilà !

J'arrive à Kermoal et toutes mes fantasmagories se dissipent. Je suis idiot de me mettre dans tous ces états pour rien, par jeu. D'ailleurs, je peux pousser le jeu plus loin. La bonne mère Jaouen est devant ses fourneaux.

– Maman est sortie ?

– Elle est dans le jardin. Elle taille les buis, qui en ont bien besoin.

Vite, le téléphone. Je forme le 04-90-01. Émotion. Vague angoisse. Là-bas, on décroche.

– Vaubercourt à l'appareil.

La voix... La voix... Mais je ne peux pas dire que je la reconnais, puisque c'est la première fois que je l'entends. Elle s'impatiente.

– Allô... Qui parle ?

Et puis il grommelle, bougonne et finalement raccroche.

Moi, je m'assieds. Maman a raison. Je n'ai pas les nerfs solides. Mais cette voix bien vivante. Bien vivante et malgré tout désincarnée ! Si tu me disais : « Qu'est-ce que tu veux de plus ? » je te répondrais : « Toucher, entendre, ça ne m'intéresse pas. Ce que je veux, c'est voir. » « Tu as vu sa main, depuis le calvaire. » « Non. J'ai vu une main. J'ai entendu une voix. N'importe quelle main peut porter une bague. N'importe quelle voix peut répondre au téléphone. » Mettons que je sois un peu de mauvaise foi. Ce que je voudrais te faire comprendre, tête de pioche, c'est que je ne possède pas encore la preuve que Vaubercourt n'est pas un fantôme. J'ai la maladie de la preuve. Je tiens ça de mon père. Combien de fois, à table, racontant une scène de Cour d'assises, n'a-t-il pas dit : « Là où il y a présomption, il reste toujours un doute. C'est la preuve qui enlève toute envie de discuter. » Et moi, justement, j'en ai assez de discuter, avec toi, avec moi, avec le diable s'il se manifestait.

Ici, entracte, si tu permets. Je t'ai annoncé du très gros nouveau. Je tiendrai parole demain.

Tout ce que je peux te dire ce soir, c'est que le diable s'est manifesté.

*Dormiturus te salutat,* ce qui doit signifier à peu près : Je vais roupiller et je te serre la pince.

Celui qui n'a jamais mieux mérité d'être surnommé :

Sans Atout.

Voici la suite promise. Mais je vais aller au plus court, car, dans une heure, je dois être à Brest, à l'hôpital. Ce soir, il n'y aura plus de mystère Vaubercourt. J'aurai tout compris. Je te raconterai. Pour le moment, j'en reviens à mon après-midi d'hier.

À ma place, qu'est-ce que tu aurais fait ? Tu aurais décidé de le regarder de près, le Sébastien. Évidemment, cela s'imposait. Mais je ne pouvais pas croiser en vélo, devant la propriété. Ni le guetter, au risque d'être signalé comme un loubard méditant un mauvais coup. Du doigté, mon vieux. Du naturel, comme dit mon prof de français.

Donc : primo, bien me mettre dans la tête son personnage, sa maigre silhouette, ses cheveux ondulés. N'oublie pas que j'ai gardé une photo. Elle n'est pas très bonne. J'ai cependant une impression assez précise du bonhomme. Deuxio, recourir encore une fois à l'épreuve du pendule. Ça ne rate pas. Il tourne résolument de droite à gauche. Il est formel. Vaubercourt est mort. J'ai entendu sa voix, mais il est mort. C'est idiot et pourtant c'est ce qui m'excite, qui m'entretient dans un état de révolte. Tertio, surveiller la villa, du haut du calvaire. Je ne bougerai que s'ils s'apprêtent à sortir la voiture. Par le sentier qui coupe à travers la lande, il ne me faut que trois ou quatre minutes pour rejoindre la route qui longe *Les Tamaris*. Et eux, ils auront besoin d'au moins cinq minutes pour manœuvrer. Le temps de regarder à gauche, à droite, de se ranger pour permettre à madame Vaubercourt de fermer la grille ; et moi, je serai là. Je pédalerai gentiment, cycliste anodin qui jette au passage un petit coup d'œil. Qui remarquerait un cycliste ?

Exécution. Les jumelles. Le calvaire. *Les Tamaris*, là-bas. Les Vaubercourt sont toujours là, puisque je vois entrouverte la fenêtre du premier étage. L'embêtant, c'est qu'il pleuvine. Si je rentre trempé, ça va faire du vilain. Je me rencogne au pied de la colonne. Pas longtemps, mon petit vieux. La chance ! Mais je ne vais pas jouer au suspense. J'ai aperçu à travers la verdure la tache blanche de la Citroën en mouvement. Alerte ! Je saute sur mon vélo. Je fonce. Coup de frein au débouché du sentier. Exactement ce que j'avais prévu, sauf que c'est elle qui est au volant et lui qui ferme la grille. Je ne le vois que de dos. Il porte un imperméable dont il a relevé le col et un feutre noir qui lui masque inévitablement le front et les yeux. Mais enfin, il est là. À moi de jouer. Il me suffit de les croiser. La BX démarre, non sans brutalité. Je dirais que cent mètres nous séparent. C'est dans la poche.

Tu crois ça, pauvre innocent ! Alors qu'ils commencent à prendre de la vitesse, tandis que je force moi-même sur les pédales, surgit un abruti qui exige le passage d'un coup d'avertisseur qui signifie : « Ôte-toi de là, minable ! » Et le chauffard double, me découvre en face de lui, se rabat sur sa droite, faisant à la BX une queue de poisson. Hurlements de freins. Et puis le coup sourd, profond, du choc, et dans le silence soudain revenu, le bruit cristallin du verre qui cascade. Tout ça en une seconde.

J'arrive déjà sur le lieu du tamponnement. Un coup d'œil qui balaie l'intérieur de la BX. Madame Vaubercourt est penchée sur la silhouette effondrée de son mari ; mais impossible de mettre pied à terre. Derrière moi, me talonnant, il y a une Mercedes qui me pousse vers le bas-côté, puis monte sur la berme, stoppe, et lâche trois bonshommes qui courent vers les voitures accidentées.

Incroyable ! En un rien de temps, la route est noire de monde. Lâchant mon vélo sur le talus, je m'efforce de me faufiler parmi les curieux. J'entends, au vol, des propos inquiétants. « Elle, ça va. Mais lui, il a pris un coup de pare-brise... on n'a pas idée de rouler comme ça sans la ceinture... remarquez qu'ils n'allaient pas vite. De loin, j'ai vu l'accrochage. Il en sera quitte pour un gros coquard... Pousse pas, petit. » (Là, c'est à moi qu'on s'adresse. Ce toupet, quand même !)

Je parviens au premier rang, c'est-à-dire que je me trouve derrière un grouillement de sauveteurs qui se bousculent autour de la BX pour extraire le blessé.

– Doucement ! Doucement ! Il saigne un peu, mais ça n'a pas l'air bien terrible.

Au loin, l'avertisseur des prompts secours. Déjà ! L'attroupement flotte, fait de la place. Je me glisse sous un bras, me hausse au-dessus d'une épaule. J'aperçois enfin un bout de Vaubercourt, une partie de la tête, mais pas la bonne. Juste une oreille et un fragment de nuque. Quelqu'un ramasse son chapeau et le lui pose sur la figure, ne sachant où le mettre.

– Poussez-vous ! Allez, vite !

Deux hommes en blouse blanche, attelés à un brancard. La foule a grossi. Quelque part, on entend le bruit d'une dispute. C'est le chauffard qui est pris à partie. Et, comme il arrive dans ce genre de manifestation, je me trouve soudain rejeté en arrière, par un mouvement imprévu des curieux. Juste à la seconde où l'un des infirmiers, saisissant le chapeau, l'envoie promener en s'écriant :

– Vous voulez l'étouffer ! Écartez-vous.

Moi ! Le témoin ! Encore une fois, le seul. On m'enlève sous le nez un Vaubercourt sans visage. Ce sont ses pieds qui défilent devant moi, balancés sur la civière. La tête m'est complètement masquée par madame Vaubercourt qui marche à côté du corps, penchée sur le blessé dont elle tient la main. Et puis l'ambulance happe le couple. La foule se défait. Les voitures s'éloignent. Je reste encore un peu auprès des deux autos échouées sur le bas-côté et surveillées par trois ou quatre personnes qui n'en finissent plus de discuter, en attendant le moment d'établir le constat.

Je garde mon échec en travers de la gorge. Mais, comme tu sais, autour d'un accident n'importe qui cause avec n'importe qui. Il n'y a plus de distances sociales. Aussi, je n'hésite pas à intervenir.

– Est-ce que c'est grave ?

– Oh, je ne pense pas, me répond-on. Mais dans ces cas-là, il vaut mieux passer par l'hôpital. Il y a des crânes plus fragiles que d'autres. Moi, je me rappelle...

Ça y est. L'homme a un récit à placer. Il m'a oublié. Il s'adresse aux autres qui ne vont pas manquer de raconter à leur tour leurs propres souvenirs. Inutile d'insister. J'ai mon renseignement. Vaubercourt va être hospitalisé à Brest.

J'arrête ici mon récit. Je l'achèverai ce soir. Faut que je dégotte un prétexte pour aller à Brest. Maintenant que j'ai commencé, j'irai jusqu'au bout.

Dix heures. Tout le monde dort, sauf ton serviteur qui n'en peut plus. Brest, ce n'est pas très loin, mais faire du vélo par ici, en ce début d'été et de vacances... passons !

Arrivé à la porte de l'hôpital, j'ai longtemps hésité. C'est un monde, mon vieux. Ça grouille, là-dedans, des infirmières, des médecins, des éclopés qui boitillent dans les couloirs, et puis l'odeur... C'est acidulé comme dans le métro, avec, en plus, une touche d'éther. Rien que ça, et tu te sens exclu. Tu vas d'une inscription à l'autre : « Radiographie », « Cardiologie », « Soins intensifs », « Interdit au public »... Tu es pris dans un labyrinthe et, dans cette usine à guérir, personne ne s'intéresse à toi. J'avoue que j'avais un peu perdu la tête. Plus exactement, ton vieux Sans Atout était mort de timidité. J'aurais dû m'arrêter au bureau des entrées, ce que je fis après avoir compris que je n'avais pas la moindre chance de repérer par moi-même l'endroit où l'on avait conduit Vaubercourt. Au bureau des entrées, il y avait foule, à croire que c'était la journée des accidents. Rien que des visages catastrophés, des voix cassées par l'émotion. Je me donne un air de circonstance.

– Monsieur Sébastien Vaubercourt ? On l'a amené à la fin de la matinée. Vous êtes de la famille ?

– Son neveu.

Eh oui. Je suis prêt à raconter n'importe quoi, sinon je vais me faire sortir avec fracas. Je continue avec aplomb :

– C'est une ambulance qui est venue le chercher. Près de Portsall.

– Voyez la major... au fond du couloir.

La major ? Je me retire, perplexe. La major, c'est quoi ? Sans doute une infirmière-chef. Je passe par des alternatives de chaud et de froid, de hardiesse et de panique. Je suis traqué par l'heure. Si je ne suis pas rentré pour cinq heures, maman va s'affoler. Qu'est-ce que je suis venu faire à Brest ? Au diable Vaubercourt !

Mais déjà je me dépêche, en quête de cette femme que je vois comme une majorette montée en graine. J'arrête un infirmier. J'essaie sur lui un bredouillement où surnage le mot : major. D'un geste, il m'indique un bureau dont la porte est ouverte. Je frappe. La majorette est là, taillée en force dans un uniforme blanc. Elle téléphone et me jette ce regard aveugle des gens qui n'ont d'attention que pour leur invisible interlocuteur. Et ça dure ! Malgré mon angoisse, j'ai envie de rire à l'entendre lâcher, de loin en loin, un « oui » ou un « non » d'une voix mécanique. Enfin, elle raccroche. Coup de menton vers moi.

– Je voudrais avoir des nouvelles de monsieur Vaubercourt.

– Vous êtes de la famille ? (Encore ! Mais qu'est-ce que ça peut bien leur faire ?)

– Je suis son neveu.

– Eh bien, rassurez-vous. À part une coupure importante au cuir chevelu et une grosse ecchymose à la tempe droite, il n'a rien du tout.

– Est-ce que je peux le voir ?

Elle consulte sa montre.

– Il doit être parti.

– Où ?

– Mais chez lui. On ne garde que les blessés sérieusement atteints. Faute de place. Monsieur Vaubercourt a été examiné, pansé ; tout le nécessaire a été fait et c'est lui-même qui a manifesté le désir de regagner son domicile.

– Il y a longtemps ?

– Non. Il est même peut-être encore dans la salle d'attente. On a demandé un taxi pour lui et pour sa femme.

Je te jure que, cette fois, il ne va pas me filer entre les doigts. Après un « merci » très sec, car je commence à me sentir hargneux, je me replie sur le hall d'entrée. La salle d'attente doit se trouver par là. Je la repère au fond et je n'ai qu'à m'approcher avec précaution.

Ils sont là tous les deux, guettant le taxi, et moi, j'en crierais de rage, car ce que je vois, c'est un personnage tellement insolite que l'on pense tout de suite à l'homme invisible de Wells. Tu te rappelles, ce pauvre type qui est obligé de s'envelopper dans des bandages pour apparaître à ses proches. Vaubercourt porte un pansement compliqué qui lui cache le crâne, le front, les oreilles et les joues. Et, par-dessus le marché, il a des lunettes noires.

Je suis de plus en plus furieux. C'est n'importe qui, ce bonhomme. On se moque de moi. Je me dissimule près du bureau des entrées, là où les gens passent et repassent. Qui ferait attention à moi ? Et j'attends. Quoi ? Je l'ignore. Il m'hypnotise, ce type. Et il me fiche la trouille. Et pourtant, c'est bien Sébastien Vaubercourt, si tu réfléchis. Il a forcément dû, en arrivant, produire une pièce d'identité. Pour la forme, je veux bien. Tu es blessé, tu t'amènes à l'hôpital, tu as besoin de soins immédiats, on se contente d'enregistrer qui tu es et ça ne va pas plus loin. Et même, encore plus simple, c'est ta femme qui s'occupe des formalités. Enfin, tu vois ce que je veux dire. Mais attention ! Madame Vaubercourt...

Et alors là, il me vient un soupçon qui me coupe le souffle, comme un point de côté. Voyons ! Pourquoi madame Vaubercourt ferait-elle passer pour son mari un homme qui... non, ça ne tient pas debout. Mais puisque Vaubercourt est mort ? Et voilà, je me retrouve en piste avec tous mes doutes qui me courent après et m'aboient aux trousses. Un autre homme tiendrait la place de Sébastien ! Mais qui ? Et pourquoi ?

Là-dessus, arrive le taxi. Madame Vaubercourt et l'individu masqué sortent de la salle d'attente. Tu penses si je l'observe. Il est grand et mince, comme Sébastien, et – ça, c'est la touche suprême – au moment de mettre le pied dehors, il se fouille, sort de sa poche un cigarillo et l'allume, ses bagues brillant au soleil. Avoue qu'il faut être un fumeur enragé pour avoir envie d'un cigare si peu de temps après avoir été assommé. Donc, c'était bien Vaubercourt. Et l'autre, là-bas, c'était...

Le taxi démarre et il ne me reste qu'à rentrer à Kermoal. Je fais le vide dans ma tête. Je pédale comme un automate. Et maintenant, je bâcle mon récit, parce que je n'en peux plus. Dormir ! Dormir ! Toi, on te dorlote. Moi, on me matraque. Bonsoir.

Sans Atout.

Kermoal.

D'un convalescent à l'autre, salut !

Oui, moi aussi, je suis convalescent. Deux jours au repos forcé. Il paraît que j'ai encore fait des cauchemars. J'ai crié : « Arrêtez-le ! », comme si on m'avait volé un trésor. Et c'est bien un trésor que j'ai perdu : la confiance que j'avais en moi, la paix, la joie. Le vieil imbécile qui vient me soigner y perd son latin. Il a soixante-cinq ans, des lorgnons à l'ancienne, une chaîne de montre en travers du ventre et, pour t'ausculter, il te colle une serviette sur le dos et il t'écoute comme un Indien sur la piste d'un visage pâle. Oui, c'est comme ça. Dans ma cambrousse, on en est encore, parfois, aux bonnes vieilles méthodes. Ma pauvre mère est dans tous ses états, évidemment. Elle songe déjà à m'emmener à Brest chez un neurologue. Ah ! C'est moche, mon pauvre vieux.

Dire que si je lui racontais tout, je serais guéri. Un secret, tu vois, c'est comme un ver solitaire. Ça te bouffe l'intérieur. Tu connais ma dernière trouvaille ? Eh bien, c'est que le mort de l'atelier était sans doute un parent des Vaubercourt, quelqu'un dont il valait mieux cacher la disparition. Peut-être un frère de Sébastien, un pauvre type qui aurait mal tourné. Il était venu demander de l'argent. Pourquoi pas ? Je vais tâcher de me renseigner sur la famille Vaubercourt. Mais supposons que Sébastien ait un frère. La difficulté reste la même. Qu'a-t-il fait du corps ?

La brave mère Jaouen s'amène avec du bouillon. J'en profite pour l'écouter car, si on la pousse un peu, elle te sert tous les cancans du pays. La technique est simple. Tu n'as qu'à mettre en doute les capacités du médecin. Ça, c'est pour l'amorcer ; elle démarre au quart de tour. Louanges du docteur, de son dévouement. Il accourt par tous les temps. Et tellement désintéressé, avec ça !

– Dommage qu'il n'ait pas été là pour l'accident.

– Tu parles de la villa des Tamaris ?

– Oui.

– De drôles de gens, à ce qu'il paraît. Pas très causants. Le laitier m'a dit qu'ils ont déjà fait réparer leur voiture et ils sont repartis aussitôt, d'après le garagiste. C'est elle qui s'est occupée de tout. Elle a l'air de quelqu'un qui a beaucoup de soucis.

Tout de suite mon plan prend corps. Je vais téléphoner dès que le chemin sera libre. Je vide mon bol de bouillon, avec toutes les marques d'une grande satisfaction. La pauvre vieille me regarde comme si j'étais en train de guérir sous ses yeux.

– Maman est là ?

– Non. Elle est partie à Portsall. Le butagaz vient de nous lâcher.

Bonne affaire ! Je vais me glisser dans la salle de séjour dès qu'Anne-Marie aura le dos tourné et j'appellerai Paris. Carrément. On verra bien. Avec un peu de chance, je tomberai sur la femme de ménage.

Et voilà. Ça n'a pas raté. J'abrège.

– Allô... Ici, François Robion. Est-ce que monsieur Vaubercourt est là ?

– Non.

– Et madame ?

– Non plus. Ils savent pourtant que le père de Monsieur ne va pas bien. Son état s'est brusquement aggravé.

– Mais le frère de monsieur Vaubercourt ?

– Quel frère ?... Il n'a pas de frère.

– Enfin, il y a bien d'autres Vaubercourt ?

– Non. Madame dit souvent, en parlant de son beau-père : « Il n'a que nous. Et malheureusement il s'entend très mal avec mon mari. »

– Alors passez-moi Sylvaine.

– Elle n'est pas là, mais elle m'a laissé une commission pour vous. Elle m'a dit : « Si François Robion me demande, dites-lui que je ne veux pas lui parler. »

– Quoi ?

Je suis anéanti. Tu ne te méfies pas du téléphone et c'est pourtant un truc à te brûler la cervelle. À peine si j'ai la force de continuer.

– Elle paraissait fâchée ?

– Bah ! Il ne faut pas faire attention. C'est une petite querelle d'amoureux. Rien de plus.

Je lui raccroche au nez. L'andouille ! De quoi se mêle-t-elle ? Une querelle d'amoureux ! Mais je m'en fiche, moi, de Sylvaine. Ce n'est pas moi qui suis allé la chercher. Et pourquoi ce revirement ? Que s'est-il passé ? Elle qui devrait me supplier de ne rien dire à personne, de taire à jamais ce que j'ai vu. Elle qui devrait se montrer tellement gentille avec moi ! Et on me congédie, on m'envoie promener. On n'a même pas le courage de m'écrire.

Tu vois, Paul. Je n'avais encore jamais senti le poids de l'injustice. Eh bien, c'est accablant. Ça te réduit à l'état de crêpe. Tu n'es plus qu'une espèce de flaque de néant. Et tiens, à toi je peux tout avouer. Je pleure, mon vieux. Sans colère, sans emportement, paisiblement, comme une pauvre chose qui suinte. Je n'ai plus qu'à remonter me coucher.

Tout va rentrer dans l'ordre, avec du repos, a promis ce médecin de malheur. Allons-y ! À moi, le repos. Il n'y a jamais eu de macchabée chez Sylvaine. Il n'y a jamais eu de Sylvaine. Il n'y a jamais eu de Sans Atout. J'accroche la pancarte : *Do not disturb.*

J'ai refait surface à midi. Je m'étais endormi et maintenant je sens une espèce de lucidité glacée qui me pousse aux résolutions extrêmes. Je me suis montré plutôt gai pendant le déjeuner, surtout que papa a téléphoné qu'il allait venir pour un jour ou deux. J'annonce que je vais m'offrir une petite sieste.

– C'est ça, mon chéri, approuve maman. Plus tu dormiras et plus tu iras mieux.

Tu parles ! Pas question de sieste. J'écris à Sylvaine... Enfin, c'était mon intention, mais, devant la feuille blanche, oui, je me suis dégonflé. C'est facile de parler avec une fille. Tu la taquines. Tu lui racontes des blagues, tu fais le pitre et elle te trouve intéressant. Mais dès que tu veux écrire, les mots deviennent des peaux de banane. Tiens, rien que le début. Faut-il dire : « Chère Sylvaine » ou bien : « Chère amie » ? Ou bien : « Ma petite vieille » ? Et après ? Attaquer franchement ? « J'apprends que tu ne veux plus me parler ? » Ou encore : « Serions-nous fâchés ? » Ou même : « Seriez-vous fâchée contre moi ? » Ce « vous » ne manque pas d'allure, hein ? Tout de suite, le garçon qui le prend de haut, qui marque une distance. Mais qui a droit à des explications. Et avant tout, outre la dignité outragée, lui laisser entrevoir qu'on éprouve un peu de chagrin et qu'on serait tout disposé à mettre bas les armes. Ah ! Qu'est-ce que j'ai pu transpirer sur cette lettre. Et tu veux savoir ce que j'ai écrit. Écoute !

*Il fait beau à Kermoal. Ici, j'oublie tout. Mais je pense aussi à toi et au temps où tu me faisais confiance. Je reste ton ami. François.*

C'est un peu bête, n'est-ce pas ? Tant pis. J'espère qu'elle sera touchée par tant de bonne volonté et qu'elle me répondra.

Je dois t'assommer, à la longue, mon pauvre Paul. Mais comprends bien que tout ce que je dis, c'est d'abord à moi que je le raconte.

À demain, toi qui es le meilleur des copains.

S. A.

Kermoal.
J'ignore le mois et le jour.
Je suis hors du temps.

Avec moi, mon petit Paul, je te jure que tu n'auras pas le temps de t'ennuyer. Papa n'est pas venu. Il nous a appris au téléphone que le vieux Vaubercourt est mort. Crise cardiaque. J'ai envie d'écrire « comme Sébastien ». Parce que, malgré moi, je reste persuadé que... Bien entendu, papa est obligé d'assister à l'enterrement puisque le défunt a été de ses clients. Les obsèques auront lieu après-demain, « dans la plus stricte intimité », comme on dit. Les Vaubercourt ont un caveau au Père Lachaise. Mais tous ces détails tu t'en moques. Moi encore plus. L'important n'est pas là. Maman veut bien me céder le téléphone.

– Papa, j'ai entendu, et je voudrais te demander, pour Sylvaine. C'est une bonne copine. Est-ce que je ne devrais pas lui écrire ?

– Oh, si tu crois... oui, bien sûr. Tu as été reçu chez elle.

Mentalement, je me frotte les mains. Voilà justifiée une correspondance qui n'étonnera personne. Mais une correspondance ! Va-t'en savoir pourquoi un projet aussi chimérique me fait brusquement chaud à l'âme. La lettre dont je t'ai parlé, finalement, je ne l'ai pas envoyée et j'ai été bien inspiré. Maintenant, je peux me montrer plus qu'amical. Dévoué. Chaleureux. « Bien chère Sylvaine, etc. » Tu vois le ton. La mort du vieux est une bénédiction. À bientôt.

Papa est là. Nous l'écoutons. Quand il raconte, ça vaut les actualités. En définitive, il y avait pas mal de monde à cet enterrement. Mais, détail curieux et qui a suscité bien des commentaires, Sébastien Vaubercourt était absent.

Je m'étrangle devant ma sole.

– Ce n'est rien, dis-je. C'est une arête.

Papa enchaîne.

– Il n'a pas eu le temps de revenir. Il est à New York.

– Quand même, observe maman. Ce ne sont pas les avions qui manquent.

– C'est vrai. Personne, d'ailleurs, n'a été dupe. Ils étaient un peu à couteaux tirés, le père et le fils.

– La mort devrait mettre fin aux querelles, soupire maman.

Je me hasarde à émettre une suggestion.

– Il était peut-être malade ? J'ai appris, par Sylvaine, qu'il se soignait pour le cœur.

– Peut-être, dit papa. Oh, nous finirons bien par le savoir. Il n'a pas très bonne presse, en tout cas. On cause à un enterrement. J'ai appris ce que j'ignorais : il a un très mauvais caractère et sa femme n'est pas très heureuse. Il y a aussi des problèmes d'intérêts. Dietrich, l'agent de change, me disait que Sébastien Vaubercourt songe à ouvrir une galerie à New York.

– Il vendrait celle de Paris ?

– Oh, peut-être pas. N'oubliez pas que son père va lui laisser une très grosse fortune. Mais enfin, tout ça, c'est ce qui se murmurait au cimetière. Il faut en prendre et en laisser.

– Sylvaine à New York, dis-je, ça me fait drôle.

– Si tu lui écris, dit papa, tâche d'éviter ce sujet.

Ça ne nous regarde pas. C'est inouï, d'ailleurs, ce que les gens peuvent être mufles. Maître Bertagnon, le notaire des Vaubercourt, a dû filer à l'anglaise pour échapper à la curiosité de certains journalistes. Il y a décidément de moins en moins de vie privée. Mais je m'aperçois, François, que tu manges à peine.

Il se tourne vers maman.

– Parle-moi de lui. Je m'attendais à lui trouver une mine superbe et il a encore maigri, ma parole.

Ici, censure. Je ne vais pas te barber avec des propos sans importance. Papa a raison, remarque. Je ne me sens pas très bien dans ma peau. Pourquoi Sébastien Vaubercourt ne s'est-il pas montré à Paris ? À cause de son visage tuméfié ? Ou bien avait-il une raison plus impérieuse ? Réfléchis un peu, bon sang. C'est toujours moi qui fais le boulot.

Allez ! On ferme. Adios !

# 6

– J'ai l'œil, tu sais, mon petit François. Et je vois bien que quelque chose te tracasse.

Maître Robion, une main serrant doucement la nuque de son fils, se promène sur la grève. La mer s'est retirée très loin. Deux ou trois silhouettes de pêcheurs le long du flot. Des mouettes. Le silence. Un moment idéal pour se confier. Pourtant, François se tait. Si madame Vaubercourt a jugé bon de dire que son mari était retenu à New York, c'est sans doute qu'elle avait de bonnes raisons. Parler de l'accident de voiture, non, ce serait avouer l'escapade de Brest. Il vaut mieux rester leur complice.

– Fais-tu toujours des cauchemars ?

François secoue la tête, sans répondre. Pourquoi ce mot de complice lui a-t-il traversé l'esprit ? Complice de quoi ? Est-on complice parce que l'on se trouve quelque part au mauvais moment ? Est-on complice parce qu'on se prend les pieds dans des mensonges dont on n'est pas l'auteur ?

– Tu es toujours un adepte de la radiesthésie ?

– Comme ci comme ça. Je crois que c'est comme le violon ou le piano. Il faudrait en faire plusieurs heures par jour.

- Et tu n'en as pas le courage ?
- Non.
- J'aime mieux ça. Je me méfie de tes emballements. Qu'est-ce que tu lis ?
- J'ai apporté un truc de Chateaubriand.

Maître Robion resserre sa prise sur le cou de François.

- Apprends que Chateaubriand n'a pas écrit de trucs.
- Ça raconte son enfance. Il habitait dans un château... une espèce de Kermoal en plus grand.

Ça va mieux. Le moment difficile est passé. François a côtoyé la défaillance. Il a failli tout raconter. Heureusement Chateaubriand est la planche de salut. Il se sent tout à fait bien, maintenant, et il aime énormément ces conversations - trop rares - avec son père. Ils marchent dans le sable, l'un près de l'autre, à pas lents. François en vient à parler de ses professeurs, de ses copains. Il est de plus en plus enjoué.

- Calme-toi, dit Maître Robion. C'est drôle. Depuis quelque temps, tu me donnes l'impression de ne plus te contrôler. Tu es excité. Tu es taciturne. Tu es sûr de ne rien nous cacher ?
- Mais rien, papa. C'est l'air de la mer qui agit, je pense.

Alerte ! Un mot de trop et la vérité va jaillir. Ce n'est plus une promenade. C'est un guet-apens. François se verrouille, comme un prévenu devant son juge.

- Tu n'abuses pas des tranquillisants qu'on t'a donnés ?
- Non. Mais c'est vrai que je m'abrutis un peu.

Et puis je vais te dire... j'aimerais mieux être à Paris. Ce n'est pas que je m'ennuie, ici, mais il n'y a vraiment pas beaucoup de distractions.

– C'est le patin à roulettes qui te manque ?

François regarde son père en dessous. Pourquoi fait-il allusion au patin à roulettes ? La mer remonte, poussant de minces lames qui se recouvrent comme des ardoises sur la pente d'un toit. Les phrases sont là, toutes prêtes, sur sa langue. « Tu sais, papa, Vaubercourt se cache aux *Tamaris.* » Non. Il se dégage. La main de son père sur sa nuque, par sa seule pression amicale, va finir par vaincre sa résistance. C'est de la triche. Il ramasse un galet et le jette au loin, sur une vieille boîte de conserve.

– À moi, dit Maître Robion.

Du premier coup, il culbute la boîte. D'accord ! Il est le plus fort, le plus malin, le plus tout ce qu'on voudra, mais le charme est rompu. La minute critique ne reviendra pas.

– Paris commence à se vider, reprend l'avocat. C'est ici que tu es le mieux. Tu vas sans doute retrouver bientôt quelques camarades de vacances. Et puis je t'apporterai les livres que tu as envie de lire. Tu n'auras qu'à m'en donner la liste.

En bavardant, on revient à Kermoal. François, maintenant, souhaite que son père s'en aille vite. Il a hâte de reprendre avec Paul le fil de ses réflexions.

Kermoal.

De Sans Atout à son ami Paul.

Je t'ai laissé largement le temps de réfléchir. Je te disais : Vaubercourt a-t-il une raison grave de cacher sa présence aux *Tamaris ?* Eh bien, plus j'y pense et plus je suis sûr qu'il ne peut pas faire autrement. Il est là. Il vit sans se montrer, ce qui est facile, les villas voisines sont encore inoccupées. Alors, avec une provision suffisante de tabac et de nourriture, il peut tenir quelques jours, jusqu'au retour de sa femme. Mais pourquoi, hein ? Il lui faut une raison bien grave. Pas seulement sa figure abîmée. Alors, quoi ?

Si je cherche trop longtemps, si je me crispe sur le problème, ça se voit aussitôt. Je mange à peine. Je regarde dans le vague et les questions se mettent à pleuvoir. « Où as-tu mal ?... », etc. Et le pire, c'est que mon père se doute de quelque chose. Mais inversement, si je ne cherche plus du tout, c'est un ennui sans nom qui me tombe dessus. La solution ? Il n'y en a pas trente-six. Je vais essayer d'explorer *les Tamaris.* Ou bien la maison n'est pas habitée et j'en trouverai facilement la preuve. Ou bien quelqu'un s'y cache, quelqu'un, donc Vaubercourt. Qui d'autre ? Et pour peu qu'il sorte la nuit pour prendre l'air, je repérerai des indices, sois-en sûr. Enfin, pouvoir agir. Sortir de ce bourbier qui me tient lieu de for intérieur (je traduis pour toi : for, ça veut dire la conscience. C'est mon côté pion qui refait surface). À ce soir.

Rien de plus facile que d'entrer dans la propriété. Il y a un grand jardin entouré d'un muret de pierres sèches où courent des lézards. Tu escalades cette clôture sans difficulté, ton pied se logeant tout seul dans les anfractuosités. Le jardin n'a pas été entretenu, mais les arbres fruitiers sont beaux, des poiriers et des pommiers. Et puis des fleurs un peu partout. Je ne saurais pas les nommer parce que les fleurs et moi... à part les roses et les chrysanthèmes ! Je me suis approché de la maison, par-derrière. Deux fenêtres en bas, deux fenêtres au premier. Un petit perron de trois marches et la porte de ce qui est sans doute la cuisine. Tout cela soigneusement bouclé. J'ai manœuvré les poignées avec précaution. Bien inutilement. J'ai écouté. Silence. Pourtant, si Vaubercourt est là-dedans, il ne peut pas passer son temps à dormir. Il doit bouger, se déplacer, écouter peut-être un transistor.

J'ai traversé la cour, côté façade. Là encore, deux fenêtres en bas et deux en haut. Et le même petit perron de trois marches. Du lierre partout. Le seul bruit est celui des abeilles et des guêpes. Le garage est fermé par une porte coulissante. Comme elle laisse des interstices, j'ai vu qu'il était vide. La grille est verrouillée. La première impression est qu'il n'y a personne, ce qui met en échec tous mes raisonnements ou du moins ce que j'appelle ainsi. Bon, je reviendrai. Et chaque jour, après le déjeuner, quand maman est à l'office avec la mère Jaouen, je passerai quelques instants sur mon perchoir du calvaire. Je laisse inachevée cette lettre. Je la complèterai à mesure que je multiplierai mes observations. À partir d'ici, c'est mon journal de bord. On est lundi.

Mardi.

Rien. Sylvaine n'a pas répondu à ma lettre. Je suis comme une âme en peine.

Mercredi.

Rien. Papa a téléphoné. Maman va être obligée de retourner à Paris, pour ramener dans la voiture une partie des choses dont nous avons besoin pour l'été. Papa s'absente jusqu'à samedi. Il mettra au train le reste du matériel. Plus ça va et plus nos déplacements à Kermoal ressemblent à des déménagements. Moi, je respire. Plus de contrôle pendant deux ou trois jours.

Jeudi.

Enfin, une lettre de Sylvaine. Un billet, plutôt. Je te le recopie :

*Je t'en prie, François, ne m'écris plus. Je n'ai pas le droit de te dire pourquoi. Maman m'expédie à Francfort, chez ma correspondante allemande, Anngret. Tu as peut-être cru que j'étais fâchée contre toi. Pas du tout. Je tiens beaucoup à toi, au contraire. Mais j'ai promis de me taire. C'est bien dur. Ne m'interroge plus jamais. Adieu, François.*

Tu te rends compte ? Ce ton ! Ce mystère ! Cet adieu ! Je la sais par cœur, cette lettre. Je me la récite dedans, dehors, au jardin, à la plage, et même au calvaire, en surveillant *les Tamaris*. Pourquoi écarte-t-on Sylvaine de Paris ? Pourquoi a-t-elle promis de se taire ? Qu'a-t-elle appris de si compromettant ? Je soupçonne qu'il existe un rapport entre cet exil de Sylvaine et ce que j'ai vu chez elle, le soir de ma visite. Mais j'ai remué tant d'hypothèses que je suis vidé, stérile, épuisé, incapable de supposer une fois de plus. Si encore il n'y avait pas cet adieu qui me poursuit comme un glas. Et je suis plus que jamais obligé de feindre la gaieté, de reprendre de tout, du poisson et de la tarte. Maman se rassérène. Allons, le changement d'air commence à m'être profitable. Au secours, Paul !

Vendredi.

Hier, j'ai eu un vrai coup de déprime. Kermoal ne me vaut rien, cette année. Je suis trop seul, aussi. Faisons le bilan.

1) J'ai vu un mort.

2) Logiquement, c'était Sébastien Vaubercourt.

3) Mais logiquement, ce n'était pas lui.

4) Pourtant, il n'a pas reparu.

5) Si, il a reparu aux *Tamaris.*

6) Et sur cette énigme, Sylvaine, qui sait probablement la vérité, quitte la France. Tu crois qu'il n'y a pas de quoi se taper la tête contre les murs ? Et moi, je suis là, à tourner autour de la villa, comme un pauvre loup paumé autour d'une bergerie vide. De ma triste aventure, il ne me reste que le pendule, qui bat la breloque, et cette misérable lettre, sur papier d'écolier. « Je tiens beaucoup à toi. » Quelle blague ! Tu as peut-être

un poumon malade. Mais un cœur malheureux, c'est tout aussi moche, crois-moi.

Samedi.

Quelqu'un est venu aux *Tamaris*, cette nuit. Un peu avant midi, j'ai refait ma tournée d'inspection, en commençant par le mur du fond. Et j'ai découvert que la porte de derrière n'était fermée qu'au loquet. Je suis entré. Oui, mon vieux. Les risques, après tout, je m'en fiche, au point où j'en suis ! Ce qui ne m'empêche pas d'être prudent. J'ai écouté. Aucun bruit. De la cuisine, je suis passé sur la pointe des pieds dans le vestibule. J'avais l'impression que tout recommençait et que j'allais découvrir un mort, comme à Paris. Le soleil dessinait le contour des volets et j'y voyais assez pour constater que le living était désert. J'ai marché jusqu'au seuil de la pièce voisine. C'était une petite chambre, meublée sommairement, d'un canapé-lit, d'un fauteuil, d'une table et d'une armoire. Personne, bien entendu. Mais sur la table, il y avait des boîtes que j'ai regardées de près. Des produits pharmaceutiques. Des tas de remèdes différents qui sont utilisés par les cardiaques.

Alors, réfléchis. Le vieux Vaubercourt, crise cardiaque. L'homme que j'ai vu dans l'atelier, cardiaque. Ici, des remèdes pour le cœur. Donc, qui vient aux Tamaris ? Un cardiaque. Sébastien, pardi ! Atteint du même mal que son père, il a eu une syncope à Paris, quand je l'ai découvert, effondré sur son bureau, et depuis il s'est mis au vert, à Portsall. Peut-être lui est-il indispensable, pour ses affaires, de ne pas ébruiter sa maladie. Ce que j'entrevois, ce n'est pas une véritable explication, mais une petite lueur dans les ténèbres.

Redoublant d'attention, je poursuis ma visite. Au premier, deux chambres et une salle de bains. Au-dessus du lavabo, il y a des fioles, des boîtes, du parfum, la chambre des Vaubercourt, évidemment. Retour au rez-de-chaussée. Je m'attendais à découvrir dans la cuisine les traces habituelles : du pain dans la huche, un frigidaire garni. Rien du tout. Comme si Sébastien ne faisait que passer de temps en temps. Mais ça, c'était du mystère négligeable. L'important était que je tenais le fil conducteur. D'ailleurs, j'ai bientôt eu la preuve que j'étais sur la bonne voie. J'ai repéré, en effet, une tache d'huile devant le perron. La BX avait stationné là, et peu de temps auparavant. Question : pourquoi Vaubercourt n'habitait-il pas en permanence aux *Tamaris* ? Réponse possible : il va mieux et il se promène. Je m'étais introduit aux *Tamaris* avec l'anxiété que tu devines. Je m'en éloigne pour ainsi dire apaisé. D'un seul coup, tout ce cirque dont je m'étais fait le Monsieur Loyal est soufflé, dispersé, anéanti. Sébastien Vaubercourt est malade. Voilà, c'est tout. Ni tout à fait mort, ni tout à fait vivant. Entre les deux ; ce que je n'avais pas voulu comprendre.

Là-dessus vient se greffer un drame familial, sans doute celui de la mésentente, d'où la lettre éplorée de Sylvaine. Peut-être le drame d'un divorce, hélas ! Compliqué par le décès du père Vaubercourt ? Et tout cela ne me regarde pas.

C'est ça que je dois me mettre dans la tête. Donc, point final. Plus de surveillance. Plus de tentative pour renouer avec Sylvaine. D'ailleurs, elle ne m'a pas donné son adresse. Je me retrouve à Kermoal, dans la maison de mon enfance, avec mes souvenirs d'enfant, dont je n'ai que faire. Je ne suis plus un enfant. Je suis un pauvre Sans Atout aux mains vides. Je t'envoie ce compte-rendu, sans doute le dernier. Je ne te dis pas : à demain. Je ne te dis pas : à bientôt. Attends que je sois guéri.

François.

Kermoal. Lundi.

Vite ! Vite ! Le bruit court que Sébastien est mort. Je suis à nouveau mobilisé corps et âme, et tellement ému que je ne sais plus par où commencer. Avant-hier, j'étais résigné à tout abandonner, et ce matin... Eh bien, ce matin, c'est ma bonne mère Jaouen qui m'a appris la nouvelle, en m'apportant mon café au lait.

– Ces Parisiens des *Tamaris*, tu les connais ?

– Oui... comme ça... vaguement.

– Ils sont revenus samedi, et le pauvre monsieur...

– Quoi, le pauvre monsieur ?

– C'est bien triste de venir pour les vacances et de mourir en arrivant.

Je ne suis pas de ceux qui font répéter, qui refusent l'événement et se tordent les mains. Je me contente de fermer les yeux et de me dire stupidement : « Cette fois, ça y est. Il est mort. » Elle continue :

– Tomber malade un samedi soir, ce n'est pas de chance. D'habitude notre médecin n'est jamais bien loin. Mais justement, il avait été appelé pour une urgence, et pendant ce temps, le pauvre monsieur est mort. Subitement.

– Un infarctus ?

– Oui, un infractus.

– Non, pas un infractus, un...

Et puis, je laisse tomber. Peu importe le vocabulaire. Ce que je vois de plus clair, c'est que Sylvaine va être là, d'une heure à l'autre. Forcément. Vaubercourt est quand même son beau-père.

– Qui t'a renseignée ?

– Anne-Marie, en m'apportant le lait.

– C'est qui, Anne-Marie ?

– La mère du menuisier. Ce sont les plus proches voisins des *Tamaris*. La dame...

– Madame Vaubercourt ?

– Oui. Elle a eu besoin d'aide, tout de suite. Elle était seule avec son mari qui ne bougeait plus. Elle a essayé de le soigner avec les remèdes qu'elle avait sous la main. Rien à faire. C'était trop tard. Le médecin n'a pu que constater le décès et remplir les papiers.

– Quels papiers ? Le permis d'inhumer ?

– Oui, ça doit être ça. Que nous sommes peu de chose, mon Dieu ! Voilà un pauvre homme qui arrive en vacances et, deux heures après, il n'est plus de ce monde et c'est tout juste si le menuisier ne prend pas déjà ses mesures pour le cercueil.

– La famille a été prévenue ?

– Anne-Marie m'a dit seulement que cette

dame avait beaucoup téléphoné. Ce qui est sûr, c'est qu'il sera enterré à Paris, près de son père. Ici, le corps sera pris par un fourgon des pompes funèbres.

- Quand ?

- Après-demain. En attendant, c'est la sacristine et puis la mère du menuisier qui le veilleront. Elles sont habituées. Les morts c'est leur affaire. Elles les préparent, les habillent et restent auprès d'eux jusqu'à l'enterrement.

- Est-ce qu'il y aura une cérémonie à Paris, au Père-Lachaise ?

- Ça, je n'en sais rien. Mais ça m'étonnerait. Juste au moment où les gens partent en vacances. Mais tu m'en poses, des questions.

- C'est que je les connais un peu, les Vaubercourt. Leur fille est une camarade de classe.

- Eh bien, qu'est-ce qui t'empêche d'aller faire une visite aux *Tamaris ?* Mais je te signale que madame Vaubercourt doit aller à Brest chercher son frère, au train de deux heures.

Là, je m'arrête une minute, mon petit vieux, parce que je te jure que l'idée est venue d'elle. Mais c'était plus qu'une idée. C'était une étincelle qui me mit la cervelle en feu. Je t'ai rapporté par le menu notre conversation, pour qu'elle te prouve à quel point je parlais seulement pour parler. J'étais ému, bien sûr, abasourdi et même hébété. J'avais l'impression que Vaubercourt venait de mourir une deuxième fois. Mais je me sentais en dehors du coup, tu comprends ? Et voilà que ma brave mère Jaouen, sans penser à mal...

Ce fut dans ma tête comme un trait brûlant. Oui, pardi. Une visite de condoléances s'imposait. « Nous avons appris que... C'est une chose affreuse... », bref, tout ce qu'on débite en pareil cas. D'ailleurs, je n'aurais même pas à me mettre en frais, si je me présentais à la villa sur le coup d'une heure et demie, quand madame Vaubercourt serait à Brest. C'est vrai, j'avais oublié son frère, le médecin radiesthésiste. Normal qu'il se dérange. Bon, je te fais grâce de mes réflexions. Ce que je voyais de plus clair, c'était que, par chance, je me trouvais seul à Kermoal tandis que, pendant une heure au moins, la dépouille de feu Vaubercourt serait laissée à la garde unique de la pleureuse de service. Alors, quelle plus belle occasion d'aller enfin regarder sous le nez celui que je guettais depuis si longtemps ? La petite voix que je connais bien me disait : « Laisse tomber. Tu seras bien avancé. »

Mais si, justement. J'y gagnerais de vérifier que j'avais vu juste, à Paris, en découvrant un Sébastien en syncope. C'est depuis cette nuit-là qu'il avait disparu pour cacher sa maladie. Dans le monde des affaires, je le sais par mon père, la santé a une valeur commerciale, comme une action, ou une obligation. Mais le petit film prétendument tourné à Londres ? Mensonge. C'est là que Sylvaine a commencé à me tromper, et sans doute sur ordre. Ce film avait été tourné avant la syncope, peut-être longtemps avant. Et voilà pourquoi, maintenant, Sylvaine me demande de ne plus l'interroger. Tout se tient, et de mieux en mieux. Allons ! Un dernier effort et je pourrai écrire à Sylvaine (en priant de faire suivre) que j'aurais su tenir ma langue si elle m'avait tout bonnement avoué que Vaubercourt était menacé d'un infarctus, et que c'était là un secret d'État.

Ici, la pause-déjeuner et je file aux *Tamaris.* Je t'écrirai à mon retour.

Mon petit Paul, tu as devant toi un personnage en état de coma dépassé. Dépassé par les événements, bien entendu. J'arrive des *Tamaris.* Mais tâche, maintenant, de me suivre pas à pas. Ah, mon pauvre vieux, j'ai les jambes coupées. Je suis obligé de m'asseoir. Non, pardon, je suis assis. Surtout ne m'interromps pas. Sinon, je n'aurai plus la force de continuer. Donc, je me présente à la villa. Il était une heure et demie. Je pousse la grille. Je sonne à la porte. Au bout d'un moment, j'entends un glissement et l'on m'ouvre. Une vieille femme en noir. Elle chuchote : « Il n'y a personne. »

– J'ai appris, dis-je. C'est affreux. J'aurais voulu présenter mes condoléances à madame Vaubercourt. Nous la connaissons bien.

Elle me fait entrer.

– Monsieur Vaubercourt est là-haut. Je reste près de lui, en attendant le retour de madame et de son frère. Voulez-vous le voir ?

J'acquiesce de la tête. Je commence à me sentir mal à l'aise. Je la suis dans l'escalier. Elle trottine jusqu'à la chambre, s'efface, et tout d'abord je ne vois pas grand-chose. Les volets sont fermés. Sur le lit, j'aperçois le corps, vaguement éclairé par une bougie qui brûle à son chevet. J'avance timidement et soudain j'ai envie de m'écrier : « Malédiction ! », comme dans un roman de cape et d'épée. Le visage du mort porte une mentonnière qui le dissimule en partie. La fée Carabosse, derrière moi, m'explique à voix basse :

– C'est madame qui a voulu. Pour qu'il soit plus présentable. Elle dit qu'il a beaucoup changé.

Je pense bien. Ce n'est pas Vaubercourt. Je suis pris brusquement entre une envie explosive d'éclater de rire et une crise de larmes. Non. Ce n'est pas lui. Pourquoi lui a-t-on mis cette espèce de linge qui semble là pour l'aider à supporter une rage de dents ? A-t-on cru qu'il fallait cacher une partie de ses traits ? Mais cet inconnu, en dépit du bandeau, a les cheveux noirs, alors que l'autre, le vrai, était plutôt blond. Il a les joues déjà bleuies d'une barbe renaissante ; et ses mains ! On les a croisées pieusement sur sa poitrine, mais je remarque, moi, du premier coup d'œil, que ses doigts ne sont pas jaunis par le tabac, comme ceux de Sébastien. Bien sûr, on lui a enfilé les bagues du défunt. Précaution dérisoire. Prise contre qui ?

Je considère la vieille. Est-elle fausse, elle aussi ? Elle s'est assise au pied du lit. Elle tricote. Ses lèvres remuent. Récite-t-elle des prières ou compte-t-elle ses mailles ? À son tour, elle lève les yeux sur moi.

– Sa dame m'a dit qu'il n'avait pas eu le temps de souffrir.

Mais, bon sang, au milieu de quelle sinistre

farce suis-je tombé ? Tu imagines. La pénombre, la flamme de la bougie qui éclaire à peine ce masque mortuaire d'un inconnu, et madame Vaubercourt accompagnant le cercueil, un mouchoir sur la bouche. Et pas seulement elle. Son frère. Sylvaine. Quelques amis parisiens. Je n'ai plus qu'une hâte. Filer. Et en vitesse.

Cependant, je m'attarde encore un peu, pour être bien sûr de n'oublier aucun détail. L'homme est un peu plus petit que Vaubercourt, il me semble. Il a l'air de flotter dans son costume. Qu'est-ce que c'est que ce corps de rencontre ? Où l'a-t-on pêché pour tenir la place du vrai Vaubercourt ? Serait-il de la famille de madame Vaubercourt ? En tout cas, je ne suis pas près de l'oublier. Je fais deux pas en arrière et la vieille se lève pour me reconduire. Je lui demande :

– Vous ne l'aviez jamais vu avant ?

– Non. Je sais seulement qu'il voyageait beaucoup pour ses affaires.

– Mais il a passé ici plusieurs jours. Vous auriez pu l'apercevoir.

– Non. Je ne l'avais jamais vu. Depuis son accident, il évitait, d'ailleurs, de se montrer.

Je m'incline, avant de sortir, et recommande à la vieille de ne pas parler de ma visite.

– Mes parents écriront à madame Vaubercourt. Moi, je suis juste passé en voisin.

Je raconte décidément n'importe quoi. J'étouffe. De l'air ! De l'air ! Voilà. Tu sais tout. Il va y avoir un intrus dans le caveau des Vaubercourt. C'est complètement fou. Et en plus, c'est diablement dangereux. Car on trompe l'état civil.

On trompe... j'entrevois qu'on va tromper encore beaucoup de monde. Et en prenant des risques insensés. Comme si le temps pressait.

Pour obtenir le permis d'inhumer, madame Vaubercourt a commencé par mentir au médecin de l'état civil. Tu vois où ça nous mène.

Attends, Paul... une affreuse idée vient de me sauter au visage. Je t'en prie, détruis cette lettre. Cette idée... c'est qu'elle a peut-être tué son mari. Non. Je ne sais pas. Ce n'est pas vrai. Toi qui possèdes les mêmes éléments que moi, mais qui regardes les choses de l'extérieur, avec sang-froid, essaye de me prouver que je me trompe. À bientôt.

François.

Kermoal.
Encore une fois.

Ah, Paul, ce n'est pas pour t'en faire reproche mais ton coup de téléphone m'a valu bien des désagréments. Tu ne pouvais donc pas rester tranquille ? Tu avais bien besoin de demander si j'allais mieux ! Pourtant, tu connais maman. Elle a tout de suite pensé que je t'avais confié des choses que je n'avais pas osé lui dire. Concernant ma santé, bien sûr. L'état de mes nerfs et que sais-je encore. J'ai dû jurer que je n'avais rien, que tu avais certainement compris tout de travers ma dernière lettre. N'empêche ! J'ai été traduit d'autorité devant un neurologue brestois. Et c'est pire qu'un toubib. Avec un toubib, tu te déshabilles et on n'en parle plus. Avec celui-là, c'est ton intérieur qu'il faut mettre à nu. On te racle la peau de l'âme, on va dans tous les coins, et si tu hésites, c'est que tu es coupable. De quoi, grand Dieu ! Eh bien, d'être un rêveur, un cachottier, avec un petit côté mythomane qui te pousse à raconter des histoires. Et ma pauvre mère encaissait tout ça et se demandait si elle n'avait pas enfanté un monstre. Quelquefois, elle intervenait pour se délivrer de ses craintes les plus secrètes.

– Il aime les romans policiers...

– Ah ! Ah ! (du ton du flic qui te prend la main dans le sac). Il en lit beaucoup ?

– François... réponds franchement. Est-ce que tu en lis beaucoup ?

– Mais non, maman. Un de temps en temps.

– Jeune homme, citez-moi des titres qui vous ont plu.

– Heu... Je ne m'en souviens pas... *Dans le pétrin... Le cadavre aux dents molles... T'as le bonjour d'Alfred.*

Le médecin hoche la tête.

– Je vois. Je vois, dit-il.

– Et puis, reprend maman, il ne cesse d'écrire à un petit camarade... mais de vrais journaux... est-ce que c'est normal ?

– Cela dénote une tendance marquée à la fabulation.

– Et il y a aussi ses manies, ses engouements, s'écrie-t-elle. En ce moment, c'est le pendule, et même...

Le médecin l'interrompt d'un geste.

– Le pendule !... Ah, je n'aime pas ça du tout. Vous avez bien fait de me l'amener. Il est temps d'intervenir.

Là-dessus, on m'exile dans un coin et on se met à tenir, à voix basse, tout un conciliabule. Je sors du bureau fiché, catalogué, épinglé, bref, en liberté surveillée. Tu te rends compte, si j'avais le malheur de laisser échapper le secret que je t'ai confié dans ma dernière lettre, mes soupçons affreux... ce drame épouvantable chez les Vaubercourt. Qu'est-ce qu'il m'arriverait !

Au retour, maman se tait obstinément. Je sens qu'elle est inquiète, évidemment, mais en outre vexée, humiliée, d'avoir un fils peut-être pas comme les autres. Mythomane, ça, elle n'encaisse pas. Elle qui était si fière de moi. C'est comme si, brusquement, j'étais devenu sale et je vais être soumis à coups de tranquillisants et de remèdes variés à un décrassage général. Moi, Sans Atout, le seul, tu entends, le seul qui en sache un petit bout sur le mystère Vaubercourt.

Tu comprends, maintenant, pourquoi je t'ai laissé si longtemps sans nouvelles. Mais j'ai repris confiance. D'abord, papa a déclaré que ce neurologue n'y connaissait rien. « Ce sont des gens, a-t-il dit, qui n'ont jamais eu quatorze ans. Qu'un garçon fasse sa mue comme une vulgaire couleuvre, rien de plus normal. Il est en train de changer de peau, voilà tout, et ça le gratte, ça lui

ne murmure-t-on pas au Palais, conclut-
ts, huissiers, juges, tous plus curieux et
les de potins que des concierges. Par
le petit Lambertin...
n'écoute plus. Que madame Vauber-
tte Paris, ça m'est bien égal. Tout ce que
e, c'est qu'elle ne m'enlève pas Sylvaine.
que nous ayons eu l'explication qu'elle
lors, tu vois, cela ne valait pas une lettre.
pas, mon petit vieux. Je te tiendrai au
i j'apprends du nouveau. En attendant,
omber le pendule, qui me rappelle des
p désagréables. Je vis au ralenti, comme
e sur un rocher. De nous deux, c'est toi
anceux. Adios.

François.

Kermoal.

encore et c'est encore dimanche.
papa arrive, c'est la pluie. Heureuse-
on caractère, et puis il amène toujours
rs. Je ne l'ai jamais vu s'ennuyer.
'écris-je ? (Pas mal, « t'écris-je ».) Parce
rpris une conversation qui a réveillé
ns. Après déjeuner, papa et maman
à mi-voix, en buvant leur café. Notre
, je te l'ai sans doute déjà dit, est très
rte qu'il nous sert de salle à manger,
de bibliothèque, et tu serais là, on
monter un ping-pong. Je m'étais retiré
in bibliothèque pour y feuilleter un



fait mal, mais après il sera tout neuf. » Maman, à demi-convaincue, me considère d'un œil qui commence à s'apaiser, et la vie, à Kermoal, me pèse un peu moins. On ne s'inquiète plus quand je dis : « J'écris à Paul. » Je vais donc, pour toi, revenir en arrière.

En arrière, c'est l'enterrement. Dans un premier temps, une voiture des pompes funèbres est venue chercher le corps et l'a emmené à Paris. Madame Vaubercourt a fermé la villa, après avoir témoigné – généreusement paraît-il – sa gratitude aux voisins qui l'ont aidée.

Deuxième temps, les funérailles à Paris. Papa n'a pas pu y assister (d'ailleurs, je crois qu'il n'y tenait pas) et il s'est fait représenter par son secrétaire. Quand il nous a rejoints, pendant le week-end, il nous a donné quelques détails, mais très succincts. Pour lui, c'était déjà de l'histoire ancienne. Tout ce que j'ai su, c'est qu'il y avait peu de monde. Pas question de Sylvaine. Je ne pouvais pas m'informer avec trop d'insistance. N'oublie pas : je demeure en observation, et si j'avais posé des questions trop précises, on m'aurait dit : « Pourquoi t'intéresses-tu tellement à cette fille ? » Pour mes parents, il n'y avait pas, il n'y avait jamais eu d'affaire Vaubercourt. Mais moi, je n'arrivais pas à effacer de mon esprit certaines images : le caveau ouvert pour recevoir un étranger, les gerbes et les couronnes : « À Sébastien Vaubercourt »... « À mon époux »... etc. Des brassées de mensonges fleuris... Et la dalle retombe et il n'y a plus qu'une inscription gravée dans le marbre : Sébastien Vaubercourt, avec la date de sa naissance et celle de sa mort, soi-disant.

J'avais beau sortir, me promener le long de la grève, marcher pour me fatiguer et oublier ; pas la peine. J'étais hanté par cette énorme escroquerie. Enfin, je ne rêvais pas. Le vrai Vaubercourt, où était-il passé ? Ce n'était pourtant pas à moi d'alerter les journaux ou la police. D'abord, une lettre anonyme n'aurait aucun effet. Et puis je me devais de continuer à protéger Sylvaine. Il ne restait qu'un espoir. Sébastien, vivant sous un autre nom, serait reconnu et démasqué. Ah, je te jure, j'en ai fait des plans. Mais j'avais, et j'ai encore, la cervelle nouée par les tranquillisants. Je suis incapable de prendre une initiative. De temps en temps, je vais me poster au pied du calvaire, j'observe *les Tamaris*. On voit tout de suite quand une maison est abandonnée, et celle-là n'est pas près de se réveiller.

Mon pauvre vieux, me voici convalescent comme toi. À nous la sieste obligatoire, la suralimentation, les interrogatoires anxieux. « Comment te sens-tu ? As-tu encore mal à la tête ? » Pourquoi faut-il que plus on est aimé, plus on soit harcelé ? Allons ! Je te laisse aux mains de tes bourreaux. À bientôt, mon frère.

François.

magazine que j'aime bien : *La pêche et les poissons.* J'entendais, sans prêter l'oreille, le bourdonnement de leur conversation, quand papa haussa soudain légèrement le ton et dit :

- Pour le moment, ce n'est qu'un bruit. Il m'a été rapporté par Julien (Julien, je te le signale, c'est Villeret, le secrétaire de papa).

- Il est mauvaise langue, ton Julien, dit maman.

- C'est bien pour cela que je me méfie.

Court silence. Je garde mon nez dans le magazine, surtout qu'ils ont tourné la tête de mon côté.

- Si c'était vrai, ce serait affreux, murmure maman. Quel scandale !

- Il faudrait rouvrir la tombe, dit papa. Évidemment. On n'aurait pas le choix. Mais tu sais, les dénonciations... la police en reçoit à longueur de journée.

Depuis une minute, je regarde la photo d'un thon de deux cents livres, pêché au large du Sénégal, et ce n'est pas lui que je vois. C'est le caveau, au Père-Lachaise. « Famille Vaubercourt ». J'ignore pourquoi je viens d'établir ce rapport aventureux entre les paroles de mon père et la disparition de Sébastien. Ou plutôt si, je devine pourquoi. C'est le mot de « dénonciation » qui m'a brutalement rappelé que j'ai moi-même vaguement songé à envoyer une lettre anonyme. Et alors tous mes soupçons me reprennent, et je m'aperçois que je n'ai plus aucune défense à leur opposer. Oui, l'idée m'en est déjà venue que madame Vaubercourt... souviens-toi... je te l'ai même écrit, mais cette idée, je jouais avec elle.

Je ne la prenais pas au sérieux. Tandis que maintenant... qui d'autre qu'elle pourrait-on dénoncer ? Qui d'autre qu'elle connaît l'identité du mort des *Tamaris ?* Je m'adosse au fauteuil et ferme les yeux. J'entends maman qui chuchote :

– Il s'est endormi.

Et puis le plancher craque. Ils sortent tous les deux, et je reste seul avec ces doutes qui me tenaillent. Tu te rappelles l'histoire du petit Spartiate qui avait capturé un renard et l'avait caché sous sa blouse. Pour ne pas avouer qu'il l'avait pris, il préféra se laisser dévorer le ventre. Hélas, moi, ce que je cache, c'est bien plus remuant, plus cruel, qu'un renard. Je passe en revue toutes les pensées qui pourraient me porter secours. Il y a eu, tout de même, un médecin pour constater la mort. D'accord, ce médecin est peut-être une vieille bête. D'accord, le cadavre n'était pas celui de Sébastien. Mais quoi, si l'inconnu avait trépassé à cause d'une crise cardiaque, madame Vaubercourt n'y était pour rien. Objection ! Le blessé de l'hôpital de Brest... oui, je te vois venir. C'était bien Sébastien, et il avait besoin de disparaître, de passer pour mort. Et s'il y a eu crime, c'est lui le coupable.

Continue ! Continue ! Ainsi, d'après toi, Sébastien aurait fait de mauvaises affaires et même aurait dû, peut-être, des sommes énormes. Pour-oi pas, en effet ? Et c'est lui qui aurait été oncé. Par quelque créancier très malin ? Paul. Tu es un petit gars très astucieux, e souffles là quelque chose dont je vais profit. Un dernier regard au thon de deux cents livres, je cours m'enfermer dans ma chambre et je m'empresse de clore cette lettre. Ah, cher Watson, que deviendrais-je, sans toi ?

Sans Atout.

Kermoal. Mercredi.

Je comptais me renseigner auprès de Julien Villeret. J'avais imaginé tout un scénario qui, à la réflexion, me semble aujourd'hui complètement farfelu. Inutile. Les choses se mettent à bouger toutes seules. Est-ce que tu écoutes France Inter ? Moi, j'ai la détestable habitude de régler mon poste en sourdine quand je lis ou quand je travaille. Cela m'aide. Je ne prête aucune attention aux nouvelles, aux paroles ; je ne remarque même pas le bruit. Je me contente de sentir que je suis bien là, noyé dans un grand courant de vie ; tiens, comme mon gros thon de deux cents livres. Mais, comme lui, je dispose de je ne sais quel système d'alerte qui me permet de sélectionner dans le flot sonore les vibrations qui me concernent. C'est ainsi que le mot « scandale » est venu soudain me chatouiller l'oreille. Dans l'état d'angoisse sourde où je suis, c'est un mot-signal. Le texte se poursuivait ainsi : « La police n'attache pas à cette information une grande importance, mais une enquête pourrait être ouverte. » Fin de citation.

Ce flash pouvait aussi bien se rapporter à un cambriolage ou à n'importe quel fait divers qu'à ce que j'appelle maintenant « mon affaire ».

N'empêche. Je suis resté sur le qui-vive jusqu'au flash suivant, celui de quatre heures. En voici le texte :

« Les premières recherches laissent à penser qu'un étrange trafic aurait lieu, à Brest, autour de la faculté de Médecine. L'enquête, désormais confiée à l'actif commissaire divisionnaire Nédellec, ne fait que commencer. Le policier, jusqu'à présent, s'est refusé à toute déclaration. »

Ce texte, tu penses, il est là, enregistré dans ma tête comme si je l'avais capté au magnétophone. Et tu remarques. Il est plutôt rassurant. Aucun rapport avec le mystérieux mort des *Tamaris.* Du moins en apparence. Et pourtant un instinct profond me souffle qu'il y a, quelque part, une machine infernale qui va nous éclater dans la figure. Brest ! Pourquoi Brest ? S'il s'agissait de Marseille, je n'éprouverais pas la même appréhension. Mais c'est à Brest que Vaubercourt, ou plutôt l'homme masqué par un pansement, a été soigné. Et alors ?... Alors, rien. Sinon que j'ai peur. Mes nerfs ont peur. Mes os ont peur. Peut-être que maman a raison et que je suis victime d'une espèce de névrose.

Flash de cinq heures. Il n'est plus question de l'enquête. Flash de six heures. Football, football, encore football. La barbe. Flash de heures... Pas moyen de l'entendre parce que dînons à sept heures. Chez nous, c'est Air C'est la SNCF. Les horaires sont les t la radio est interdite à table. J'écouterai le flash de huit heures... Penses-tu ! Juste au moment des macaronis au gratin (beurk !) le téléphone sonne. Il est à l'autre bout de la salle à manger, mais j'attrape des miettes.

– Oui, dit maman, ça va. François... (coup d'œil vers mon assiette qui refroidit) oui, il est bien... oh, toujours dans la lune, évidemment... on a un assez beau temps. (Ici, un long silence, dramatisé par des hochements de tête, dont j'aimerais bien connaître la signification)... Si cela se confirmait, reprend maman, ce serait... mais non ! Quoi ? Elle a été convoquée aujourd'hui. C'est incroyable. Tu pourrais venir vendredi ?... Bon. Tu me raconteras... sois tranquille. Je ne dirai rien.

Immédiatement, j'attaque :

– C'était papa ? Qu'est-ce qu'il a de si secret à te confier ? J'ai entendu que tu lui répondais : « Je ne dirai rien. »

– Mange, François. Cela ne te regarde pas.

– Oh, tu sais. Je n'ai pas l'habitude de parler à tort et à travers.

– Sauf à ton ami Paul.

– Pas vrai, la preuve, c'est que...

– C'est que quoi ?

– Non, rien. J'ai bien le droit, moi aussi, de me taire quand je veux. Et puis quoi, ce n'est pas la peine de prendre tous ces airs mystérieux. Papa te parlait de l'affaire Vaubercourt.

– Quoi ?

Foudroyée, mon petit vieux. Ma pauvre maman était foudroyée. Et moi, soudain, j'ai eu la triomphante certitude que je ne m'étais pas trompé et qu'il y avait bien une affaire Vaubercourt. J'ai achevé d'un air modeste mes macaronis. Je ne voulais pas avoir l'air de l'emporter sur elle.

– Oui, dit-elle enfin. Madame Vaubercourt a de graves ennuis. Et maintenant, je te prie de ne plus t'occuper de ça. Ton père ne sera pas content, quand il apprendra que tu... mais, au fait, comment as-tu su que... ? C'est la petite Sylvaine qui t'a prévenu ?

Je prends l'air évasif du garçon qui sait tenir sa langue bien qu'il soit très renseigné.

– Sylvaine ? Depuis qu'elle est à Bonn, elle ne me donne plus signe de vie.

Coup d'œil en coin. Maman ne réagit pas. Donc Sylvaine est toujours en Allemagne.

– Non, j'ai entendu un flash à la radio.

– Mon Dieu, s'écrie maman. C'est donc devenu public ? On ne disait pas si on l'avait retrouvé ?

– Qui ?

– Mais le frère de madame Vaubercourt.

– Le docteur Cotinois ? Pourquoi ? Il a disparu ?

– Tu me fais marcher, François. Tu n'as rien appris du tout.

C'est le moment d'être caressant, persuasif, un peu enjôleur.

– Vous n'êtes pas gentils avec moi, tous les ux, dis-je. Vous avez l'air de vous méfier. Moi, vous cache rien, et vous... ce n'est pas drôle. uffre, moi.

nçois ! Allons !... Nous ne voulons que ton des choses qui ne sont pas de ton âge.

Elle mollit, ma chère maman. Je n'ai plus qu'à faire semblant de bouder.

– Moi, au fond, je m'en fiche de madame Vaubercourt. Vous pouvez garder pour vous ces choses qui ne sont pas de mon âge.

– Ne commence pas à te monter la tête. Madame Vaubercourt a été interrogée par la police concernant la disparition de son frère. Voilà. C'est tout.

– Et alors ? Il a bien le droit de voyager, quand même.

– Assez. Finis tes macaronis. Et si tu veux en savoir plus, interroge ton père.

Je n'ai plus qu'à aller me coucher et dormir, si je peux. Pourquoi, diable, la police recherche-t-elle le docteur Cotinois ? Il a dû commettre quelque chose de grave. Mais, à propos, je m'avise d'un fait que j'avais oublié. Et toi aussi. C'est que madame Vaubercourt est allée à Brest chercher son frère. Ça te revient ? J'ai profité de cette absence pour me présenter aux *Tamaris*. Et j'ai découvert que le mort n'était pas Vaubercourt. Eh bien, le frère aussi, logiquement, l'a découvert en arrivant à la villa. Mais que dis-je ? Madame Vaubercourt était forcément de mèche avec lui. Tu vois. Il y a des détectives qui fonctionnent au whisky. Moi, ce sont les macaronis qui fouettent mon imagination. Pardi ! Madame Vaubercourt et son frère sont complices. Complices de quoi ? Mystère... mais complices de quelque chose qui relève de la loi. Voilà pourquoi la police interroge l'une et recherche l'autre.

Pouce ! J'arrête. J'en ai la tête comme une citrouille. Bonsoir, cher vieux frère.

François.

Kermoal. Vendredi.

Paul, toi qui es le plus sagace des limiers, je te préviens. Tu vas en prendre un coup sur la cafetière. La nouvelle commence à filtrer. Elle est trop énorme pour que les autorités la cachent plus longtemps. En deux mots : la tombe de Sébastien Vaubercourt va être ouverte. La police veut s'assurer que c'est bien Sébastien qui repose là. Maman a entendu comme moi l'information, ce matin, pendant que nous déjeunions. Elle n'a fait aucun commentaire. Elle m'a seulement dit : « Tu es content ! »

Content ? Je suis bouleversé, moi, retourné, sens dessus dessous. Ainsi, avant la police, avant tout le monde, je m'étais avancé seul jusqu'au seuil de la vérité. J'avais deviné que madame Vaubercourt s'était débarrassée de son mari. C'était bien Sébastien que j'avais découvert, écroulé sur son bureau et sans doute empoisonné. Drame de la mésentente. C'était peut-être la gifle reçue par Sylvaine qui avait tout déclenché. Donc, le caveau ouvert, la police va se trouver devant un inconnu. Elle aura vite fait de l'identifier, et je suis sûr qu'elle établira un rapport avec le docteur Cotinois. D'où la fuite de ce dernier. C'est un château de cartes que je suis en train de construire, un édifice branlant d'hypothèses. Attendons papa ! Si quelqu'un est bien placé pour nous renseigner, c'est lui. Et quand il me verra tellement perturbé, il comprendra que la vérité seule peut me rendre la tranquillité.

Flash de trois heures. D'ailleurs, tu as pu l'entendre comme moi. Exact. L'homme enterré sous le nom de Sébastien Vaubercourt n'est pas Vaubercourt. On ignore encore son identité, mais il a été tué d'un coup de couteau en plein cœur. Je n'ai pas la force de t'en dire plus. Je ne tiens plus debout. Madame Vaubercourt et son frère auraient été capables de... ce ne sont pas des monstres, pourtant. La mère de Sylvaine, si douce, si résignée. Maintenant, je me mets à soupçonner quelque énorme erreur.

Samedi.

Excuse-moi, mon vieux. La lettre commencée hier, je l'ai laissée en plan. Je n'ai pas eu le courage de la terminer. D'ailleurs, papa est arrivé plus tard que prévu et je comptais sur ses révélations. Tintin ! D'abord, il n'était pas de très bonne humeur. Dans ces cas-là, il met entre nous, sans le faire exprès, une distance qui me glace. Il devient le Père, celui qui pense et qui respire pour tout le monde. Et moi, je n'étais pas très enclin à lui demander audience. Donc, black-out complet sur le mystère Vaubercourt. En revanche, j'ai pu intercepter le flash de cinq heures. L'enquête semble avancer un peu. En tout cas, madame Vaubercourt a été placée en garde à vue.

J'ignore ce que cela signifie au juste. Mais cela prouve qu'elle est considérée comme suspecte. Tu imagines dans quel état je suis. C'est ce coup de couteau qui me reste dans la gorge, si j'ose dire. L'inconnu aurait été tué d'un coup de revolver, je comprendrais, j'admettrais. On perd la tête, on a une arme sous la main. L'arme devance la pensée. Cela n'impose pas l'image d'une bataille de voyous. Mais cette espèce de règlement de comptes. Non ! Ça cloche. Ça ne ressemble pas à nos personnages. Et pourtant madame Vaubercourt se tait, sinon elle serait déjà libre ou inculpée, et son frère est en fuite. Avoue que c'est inquiétant. Qu'ont-ils donc à se reprocher ? Et puis il y a autre chose. Comment le médecin de l'état civil a-t-il pu délivrer un permis d'inhumer sans prendre la peine d'examiner le défunt ? Je sais bien ; il s'agit d'une simple formalité. Il a suffi que madame Vaubercourt lui dise : « C'est mon mari. Il a déjà eu récemment un grave infarctus. » Pourquoi douter de sa parole ? Ça, je l'accepte. Mais tu vois bien l'aplomb qu'il a fallu à cette femme d'habitude si effacée ? Ah, ce que je suis en train de découvrir sous les masques que je soulève m'épouvante. Est-ce que Sylvaine porte un masque, elle aussi ? Demain, dimanche, pas de courrier. J'aurai peut-être du nouveau à t'apprendre, avant de poster cette lettre, lundi matin.

Dimanche. Deux heures.

Papa retourne en catastrophe à Paris. Sa secrétaire lui a téléphoné alors que personne n'était encore levé. Branle-bas de combat. Le frère de madame Vaubercourt a été arrêté hier soir à la frontière belge. Quant à madame Vaubercourt, elle aurait déclaré qu'elle ne parlerait qu'en présence de son avocat. Et cet avocat, tiens-toi bien, c'est papa. Je te raconte tout ça en vrac ; Kermoal, en ce moment, ressemble à une maison de fous. Les valises ? Où est mon imper ? François, tu n'aurais pas vu mes mules ? Parce que maman part aussi. Pas question d'abandonner papa en cette circonstance dramatique.

Moi ? Bof ! On me fera venir plus tard, une fois passée la première émotion. Oh, ce n'est pas un pur altruisme qui anime mes parents. Papa flaire le procès à sensation, l'événement parisien, quelque chose comme l'affaire Landru, compte tenu de la notoriété des inculpés. Mais il cède aussi à sa générosité naturelle. Son côté terre-neuve. Et, du coup, il paraît tout requinqué et gaillard. Il s'ennuyait, ma parole. Moi, je reste à la consigne, comme un colis encombrant. J'aime mieux m'arrêter. Je vais être désagréable. Même peut-être avec toi. Je déteste tout le monde, en ce moment.

François.

Kermoal. Lundi soir.

Mon petit Paul, tu vois cette grande bicoque,

vide comme la place du village après le départ d'un cirque, et moi qui tourne là-dedans, désœuvré, amer et sans courage. La pêche ? Mais il n'y a plus un bigorneau à ramasser. La promenade ? Pour buter un peu partout sur des baigneurs qui se font cuire au soleil ? La lecture ? Pas tant que j'ignorerai ce qui se trame à Paris. Alors, pour finir, je végète, étendu sur mon lit, le transistor à ma droite, qui débite ses gaudrioles, et des magazines pêle-mêle à ma gauche. J'attends. Au train où vont les choses, d'une heure à l'autre tout peut changer. Sur la table, mon bloc est prêt. Je n'ai que deux pas à faire pour te tenir au courant. Et tu sais pourquoi je me suis promu ton correspondant de guerre ? Une idée biscornue, évidemment. J'ai pensé qu'un jour je pourrais peut-être réunir toutes ces lettres (garde-les précieusement) pour en tirer un récit, un truc façon roman. C'est vrai ! Je me trouve sans cesse au cœur d'événements incompréhensibles.

Attention ! Il est presque huit heures. C'est le moment du bulletin.

Ça y est, mon vieux. On connaît maintenant l'identité du mort. Il s'agit d'un certain Henri Blésois, sans profession définie, une espèce d'homme à tout faire qui bricolait à droite et à gauche, et fréquentait surtout les bistrots de Brest. Tu entends ça ? Brest, la villa des Vaubercourt, le lien entre les deux est établi. Mais je continue : l'autopsie a confirmé que la mort était bien récente, probablement provoquée par quelque rixe après avoir bu. La police interroge le frère de madame Vaubercourt. On ne voit pas du tout quel rapport a pu exister entre ce clochard et les deux suspects. Mais, d'après le commissaire Nédellec, l'affaire Vaubercourt jetterait une lumière inattendue sur sa propre enquête menée dans certains milieux proches de la faculté de Médecine.

Eh bien, moi, qui ne suis pas le commissaire Nédellec, je commence à comprendre que madame Vaubercourt a eu besoin d'un cadavre et que son frère est intervenu pour le dénicher. Suis-moi bien, mon petit Paul. Raisonne avec moi. Le frère est médecin. Donc, il peut avoir des accointances avec certains employés de la morgue. J'ai lu quelque part que, pour apprendre les secrets du corps, beaucoup d'étudiants, plus ou moins fortunés, achetaient des squelettes, ou même de simples fragments, bras ou jambes, de sorte qu'il existerait un trafic clandestin de débris humains et, au fond, ce n'est pas plus surprenant que le commerce des animaux promis au laboratoire. L'article dont je te parle (il s'agissait d'un magazine très sérieux) signalait que les pauvres hères sans foyer ni ressources, fournissent presque à volonté le matériel dont on a un si grand besoin dans les amphithéâtres. On les ramasse surtout dans les ports où ils viennent échouer, à bout de misère et d'abrutissement. Moi, tu le sais, je lis tout ce qui me tombe sous la main et cet article m'avait beaucoup frappé. Il est évident que si tu en as les moyens, tu dois facilement te procurer un corps. Faisons ensemble un dernier pas. On peut admettre que Cotinois connaît à Brest quelqu'un qui peut le dépanner. Un ancien copain de fac, par exemple. Marché conclu. Bon, oui, d'accord. J'invente. Ah, mon petit Paul, ce que ça fait du bien d'inventer. Même si je me goure, l'important est que ça sonne vrai. Si j'étais policier, il me semble que j'aurais vite fait de débrouiller tout cet écheveau de mensonges, de trucages, de tours de passe-passe. Par exemple, il y a un point qui, maintenant, me paraît assez clair. C'est que ce docteur Cotinois, le frère de madame Vaubercourt, était déjà l'homme qui a eu, aux *Tamaris*, le petit accident que je t'ai raconté. Négligeons, pour l'instant, cet accident sans gravité. Question : pourquoi madame Vaubercourt vient-elle aux *Tamaris*, comme ça, inopinément, alors qu'elle n'y mettait jamais les pieds ? Réponse (naïve) : parce que son mari, après sa syncope, avait besoin d'un grand repos. Objection : le vieux Vaubercourt était lui-même très malade, ce qui, normalement, aurait dû inciter son fils et sa bru à ne pas s'éloigner. Mais ça, mon bon Paul, c'est de la frime. La vraie réponse, la seule logique à mes yeux, c'est que Sébastien était déjà mort, et bien mort. Pour quels motifs pressants fallait-il cacher ce décès ? Là, tu m'en demandes trop. Mais je m'appuie avec une confiance retrouvée sur ce que j'avais vu sans nul doute. Oui, il y avait bien un mort dans l'atelier, et ce mort ne pouvait être que Sébastien. Mais c'est qu'on m'aurait rendu dingue, à force de me démontrer que je m'étais trompé. C'était donc Sébastien, et à partir de là commence le complot.

J'improvise, mon vieux, j'improvise. Je m'avance sur la pointe des pieds et Dieu sait si le terrain est glissant. Je m'appuie sur trois faits – et, remarque, je suis le SEUL, dans cette histoire, à pouvoir le faire.

1) Sylvaine me montre des photos et un film qui doivent me prouver que Sébastien est toujours vivant.

2) Là-dessus, elle reçoit l'ordre de ne plus me parler et puis on décide brusquement de l'envoyer chez son amie allemande (où elle est encore).

3) Enfin, aux *Tamaris*, apparaissent madame Vaubercourt (qui n'y avait jamais mis les pieds) et un homme dont on est en droit de croire qu'il est son mari. Moi-même, je m'y laisse prendre après avoir aperçu l'améthyste qu'il porte à la main droite. Eh bien, j'oserai dire, face à la Cour et aux jurés : « Cet homme n'est pas Sébastien Vaubercourt. C'est Guillaume Cotinois qui a pris sa place, sans le moindre risque, puisque personne ne le connaît à Portsall. »

Ouf ! Reconnais-le, ça, c'est de la déduction. Mais je n'ai pas fini de t'épater. Je tiens la grande forme depuis que ces quelques remarques commencent à balayer le brouillard où je me sentais perdu. L'accident ! Le petit accrochage avec la bagnole tamponneuse. Un coup à flanquer par terre ce que j'appelais tout à l'heure le complot. Le pseudo-Sébastien s'en sort avec une simple ecchymose et le voilà à l'hôpital de Brest, où, qui sait, il lui est peut-être possible d'avoir encore un contact avec le membre du personnel qu'il a déjà pressenti pour l'achat d'un corps.

Tu vois comme tous les détails s'enchaînent bien, sans coup de pouce de ma part. Je me contente de les mettre bout à bout et ça baigne, mon vieux, ça baigne. Le faux Vaubercourt, que personne ne connaît, est de plus pourvu d'un pansement qui le transforme. Ah ! il peut bien, sur le seuil de l'hôpital, s'accorder un cigare ! Il a bien joué et, à son insu, il m'a bien joué, moi qui renifle sa piste comme un malheureux clébard enrhumé.

Je continue. On porte en terre le vieux Vaubercourt. L'excuse du fils est toute trouvée : il est à New York et ne pourra revenir à temps. Et pendant qu'on procède aux funérailles, lui se hâte de mettre au point le transport clandestin du malheureux Blésois, mort opportunément d'un coup de couteau. J'imagine que de la morgue de Brest aux *Tamaris*, en pleine nuit, ça ne devait pas être bien difficile. Bref, voilà le faux Sébastien mis en place, habillé proprement, les mains pieusement croisées sur la poitrine, à l'endroit du coup de couteau. Non, pardon, c'est moi qui ajoute cela pour fignoler. Mais on n'a pas manqué de disposer quelques médicaments sur la table de chevet afin de mieux tromper le médecin légiste. Et la suite ne présente plus la moindre difficulté.

Malheureusement, le hasard a fait que j'ai vu le faux Vaubercourt sur son lit de mort, comme j'avais vu le vrai, mort sur son bureau. Et là, il y a un os. À force d'avoir gardé pour moi tout ce que j'ai constaté, si, maintenant, je me mets à parler, on me traitera de menteur, moi, le fabulateur soigné par un neurologue. On prétendra que j'invente, ce qui est vrai en partie. Et l'on m'assènera une double objection : primo, qu'est devenu le cadavre du vrai Sébastien ? Deuxio, pourquoi madame Vaubercourt aurait-elle eu recours, avec l'aide de son frère, à une machination aussi compliquée et aussi hasardeuse ?

Or, là, je nage. Et parce que je ne me résigne pas à avouer que je nage, j'aime mieux me taire. Mais si papa accepte de défendre madame Vaubercourt, elle sera bien obligée de lui dire la vérité. Et alors ce sera un match entre papa et moi. Ce que je sais contre ce que tu sais !

Ouille, ouille, ouille ! Il est un peu plus de minuit, l'heure du crime ! Il ne faudrait pas que le boulot nous prive de dodo. À demain.

Suite, mon petit Paul, de mes élucubrations. Mais pardon, je n'élucubre pas autant que tu pourrais le croire. Car, qu'est-ce que j'avais dit ? Que le docteur Cotinois connaissait probablement quelqu'un qui navigue dans les milieux hospitaliers. Or, toc, je lis dans *Ouest-France* de ce matin qu'un employé de la morgue, à Brest, vient d'être arrêté. Aux dernières nouvelles, c'est lui qui aurait dénoncé Cotinois. Alors, tu piges, tête de bois. Ce bon docteur promet à l'employé une forte somme en échange d'un cadavre présentable. Mais, une fois l'opération réussie, Cotinois se fait tirer l'oreille et l'autre, furieux, envoie stupidement une lettre anonyme au

Parquet. Le docteur prend peur et essaie de se réfugier en Belgique, laissant bravement à sa sœur le soin d'expliquer pourquoi le Sébastien inhumé n'est pas le bon.

Scandale ! Et papa, là-dessus, s'amène comme Zorro ! Non. Je n'ai pas l'intention de me moquer. Mais je ne peux m'empêcher de jubiler, parce que c'est enivrant de sortir d'un tunnel pour rencontrer l'espace, le ciel bleu, l'air libre. Il n'y a plus de mystère Vaubercourt. Ou plutôt si. Il reste un point à éclaircir. Pourquoi a-t-il fallu, durant un certain temps, dissimuler à tout prix que Sébastien – je parle du vrai – était mort ? Si je le savais, eh bien, tu vois, je serais content de moi. Car enfin je l'ai pressentie cette affaire depuis le début. J'en ai pris des initiatives pleines de risques ! J'en ai imaginé des solutions extravagantes, au point d'en avoir la tête prête à exploser comme une vulgaire chaudière en surpression.

Et maintenant, ça y est. François et Sans Atout se sont à nouveau rejoints. Ils peuvent flâner le cœur à l'aise. Kermoal n'est plus une prison mais une demeure riante.

Cette fois, j'abrège. Tu me ruines en frais de timbres. Relâche. Je te raconterai la suite, c'est-à-dire le dernier épisode, quand papa consentira à me révéler pourquoi madame Vaubercourt l'a choisi comme défenseur. Je te souhaite bon appétit. Moi, le mien est ravageur. Tout ce qui m'est défendu, je me l'accorde, avec la complicité de ma bonne mère Jaouen.

À bientôt, cher Watson.

Ton distingué Holmes.

# 8

Kermoal. Mardi.

Paul, mon vieux ! Ce qui m'arrive est affreux. Tu sais ce que maman vient de m'apprendre, au téléphone ? Sylvaine, ma petite protégée, est rentrée d'Allemagne et, comme elle ne peut pas vivre toute seule, dans l'appartement où la femme de ménage ne vient qu'un court instant chaque jour, papa a décidé de l'accueillir chez nous. Maman, apitoyée, prétend que Sylvaine est à l'âge où l'on a le plus besoin d'un foyer. Je lui ai dit :

– Amène-la à Kermoal.

Non. Pas question. Il paraît que ce ne serait pas convenable. Mais convenable par rapport à quoi ? À qui ? Tu m'aurais entendu ! J'ai eu droit à de vaseuses explications. D'abord, madame Vaubercourt serait bientôt libérée et elle quitterait Paris pour habiter chez une vague cousine. Naturellement, Sylvaine s'en irait avec elle.

Moi : Mais, en attendant, Sylvaine serait très bien à Kermoal.

Maman : Non. Pas question. Papa aime mieux ue Sylvaine reste à Paris où elle a le droit de rendre visite à sa mère.

Moi : Mais c'est une situation qui peut durer des mois.

Maman : Non. Pas du tout. La libération de madame Vaubercourt ne fait plus aucun doute. Papa est sûr du résultat. Il pense que dans une huitaine, madame Vaubercourt bénéficiera d'un non-lieu.

Moi : Et son frère, alors ?

Maman : Je ne sais rien de plus.

Moi : Je dois voir papa. J'ai des choses capitales à lui apprendre.

Comment t'expliquer, Paul ? Ça m'est venu comme ça. Une espèce de coup de sang. Tout avouer à papa. Me libérer. Et surtout revoir Sylvaine, la prier de raconter sa fugue et d'expliquer à papa pourquoi elle m'avait demandé d'aller récupérer sa lettre, le fameux soir. Bien établir notre bonne foi, à tous deux. Pendant ce temps, maman regimbait. De quelles choses capitales voulais-je parler ? Un blanc-bec comme moi. Oui, elle a dit : blanc-bec. Et, pour finir, elle m'a raccroché au nez.

Je suis hors de moi. Que madame Vaubercourt soit libérée, ce n'est pas ce qui me tarabuste le plus, bien que je comprenne mal comment on peut la blanchir, après tout ce qu'elle a fait ou laissé faire. C'est Sylvaine qui me tourmente. On va forcément la loger dans la chambre d'amis. Mais elle va fureter, dès que maman aura le dos tourné. Et je n'accepte pas qu'elle se glisse dans ma chambre, qu'elle s'intéresse à mes livres, aux jeux que je garde à l'abri de tous les regards. Ce qui est à moi est à moi. Je suis prêt à le donner, surtout à Sylvaine, mais pas à en être dépouillé, même par de simples regards. Et Sylvaine est une fille qui voit tout. C'est à moi de lui dire qui je suis. Pas à elle de s'inventer un François de fantaisie.

Excuse ! Je m'emberlificote dans des pensées qui me dépassent. Ce que je sens, c'est que j'aurais été heureux de lui offrir un François tout neuf. Tu ne piges pas. Moi non plus. Mais j'en veux à mon père, ce fin psychologue, de mettre les pieds dans le plat, ses pieds dans mon plat. Et il aura son paquet, je te le promets.

Kermoal.

Je ne sais plus quel jour et je m'en fiche.

Mon pauvre Paul,

Je serais en Terre Adélie, je ne me sentirais pas plus seul. J'aurais au moins les pingouins à qui expliquer le peu que je sais sur l'affaire Vaubercourt. Car, finalement, qu'est-ce que j'en connais, hein ? Le coup du faux mort, et ça, maintenant, tout le monde est au courant. Tous les journaux tartinent là-dessus. Je te remercie de ton petit coup de fil, hier soir. Mais la question que tu me poses : pourquoi ? Pourquoi fallait-il faire croire que Sébastien Vaubercourt vivait encore quand son père est décédé ? Pourquoi ? Je me la pose moi aussi et ça tambourine dans mon crâne comme un marteau-piqueur. Mon père fait la sourde oreille. Voilà bientôt huit jours qu'il sait que je demande à lui parler. Eh bien, non. Son fils vit dans l'angoisse mais il trouve plus urgent de voler au secours de la veuve et de l'orpheline. Surtout que Sylvaine n'est pas si orpheline que ça. Elle est confortablement installée à la maison. Maman la chouchoute, la cajole que c'est une honte. Téléphone interdit, pour des raisons obscures. Maman essaie de me calmer ; elle m'appelle tous les soirs, me supplie d'être raisonnable, prétend qu'un avocat n'a pas le droit de laisser courir le bruit qu'il est un ami personnel de sa cliente. C'est une question de déontologie (tu chercheras dans le petit Robert. Aucun rapport avec le mal de dents). Par conséquent, pas de collusion (aucun rapport avec les problèmes de la circulation) entre le fils de l'avocat et la fille de l'inculpée.

Je suis saoulé de mots savants. J'ai dit : inculpée. Ce n'est pas exact. Madame Vaubercourt a été libérée avant-hier. Elle ne risque, paraît-il, que d'être poursuivie en correctionnelle. Son frère a beau prendre sur lui toute la responsabilité de l'affaire, il n'en reste pas moins qu'elle s'est prêtée à une comédie qui est punie par le Code : injure à magistrat, falsification d'état civil, etc. Il y a une kyrielle de motifs. J'ai demandé à maman :

– Pourquoi a-t-elle fait cela ?

Elle m'a répondu que papa m'expliquerait.

– Quand ?

– Bientôt.

Furieux, j'ai raccroché sans dire bonsoir. Sans

blague ! Il n'y a que la mère Jaouen qui m'aime, ici.

Alors, quand je ne t'écris pas, j'en suis réduit, comme la dernière femme de Barbe-Bleue, à surveiller du donjon le soleil qui rougeoie, la route qui poudroie et l'herbe qui verdoie. Quand j'étais petit, on me racontait Barbe-Bleue. On s'occupait de moi. Malheur ! Ah, pardon. J'entends l'auto. C'est papa, mon vieux. C'est papa. Je file. Tchao.

François.

Voici la suite. Il est déjà reparti. Il aurait mieux fait de ne pas revenir. Il me laisse le cœur gros. Le mot de l'énigme ? C'est tellement bête. Dire que je m'en suis rendu malade à force de me creuser la cervelle. Je suis triste, Paul, et c'est bien la première fois que je me force à t'écrire. Bon. Voilà.

D'abord, j'ai vidé mon sac. J'ai tout raconté à papa. Maman n'aurait pas cessé de pousser les hauts cris. Pas lui. Il m'a écouté sérieusement, attentivement, pas un hochement de tête, ni une demande d'éclaircissement. Mais moi qui connais bien sa façon de regarder, j'ai deviné dans ses yeux - je te le donne en mille - de l'amusement, mon vieux. Quand je lui ai parlé de ma visite aux *Tamaris* et de ma découverte du faux cadavre, il avait un œil qui fulminait, mais l'autre qui rigolait. Je t'assure. Et quand je me suis tu, il m'a dit, froidement :

- C'est tout ?

Quoi ! Je venais de vivre l'aventure du siècle

et il me disait « C'est tout ? ». Ah, c'est quelqu'un, papa. Il s'est levé, il a marché à travers le living, mains derrière le dos. Puis il s'est planté devant moi.

– Depuis le début, a-t-il remarqué sans se fâcher, tu es le genre de témoin qui, par son silence, peut provoquer des drames. Tu as de la chance de ne pas avoir affaire à certains juges que je connais. Ils t'auraient secoué les puces. Mais tu en as tant fait que tu as malgré tout le droit d'apprendre la vérité. Il s'agit d'une vulgaire histoire d'héritage. Tais-toi ! Ça te vexe hein ! Tu t'attendais à quelque chose de bien ténébreux. Je regrette. Sache que le grand-père Vaubercourt était très riche. Et comme beaucoup de gens riches qui veulent encore garder la haute main sur leur fortune, une fois morts, il avait confié à Maître Bertagnon un testament très détaillé, qui ne laissait rien au hasard. Pour des raisons connues de lui seul, il avait stipulé que si son fils, Sébastien, venait à mourir avant lui – je dis bien : avant lui – il léguait tout ce qu'il possédait à des œuvres. Le cœur humain, mon petit François, est plein de détours, tu verras. Certes, le vieux Vaubercourt aimait bien Sylvaine, mais Sylvaine n'était pas de son sang. Donc, Sébastien disparaissant, ni madame Vaubercourt, ni sa fille, n'hériteraient. Et justement, Sébastien est mort le premier. Tu en sais quelque chose. La suite, elle va de soi. Madame Vaubercourt rentre, découvre le corps de son mari, juge d'un coup d'œil la situation et téléphone à son frère qui prend les choses en main. Il descend le corps, avec l'aide de sa sœur, qui a rangé l'auto dans le parking souterrain, et ils vont l'enterrer dans le jardin d'une petite propriété que Cotinois possède à Valmondois, c'est-à-dire à deux pas de Paris. Le lendemain, il faut bien mettre Sylvaine au courant, mais on lui fait promettre de ne jamais souffler mot de ce qui s'est passé.

– C'est moche, ça, papa.

– Oui, bien sûr. Mais elle aime sa mère. Et elle détestait son beau-père. Alors !

– Mais si le grand-père avait survécu longtemps à son fils ?

– Le docteur Cotinois aurait laissé aller les choses, évidemment. Aucun moyen de faire croire à une absence prolongée de Sébastien. Il aurait bien fallu signaler sa disparition. Seulement, le vieux Vaubercourt était très malade. Il était même condamné. Donc, s'il se dépêchait de mourir, lui s'en allant officiellement, c'est son fils qui héritait. Après, il serait toujours temps d'annoncer la mort de Sébastien.

– Mais papa, madame Vaubercourt connaissait donc les clauses du testament de son beau-père ?

Là, papa hésite, puis me jauge d'un coup d'œil.

– Oui, dit-il enfin. Cette pauvre femme était très malheureuse. Sébastien ne perdait aucune occasion de l'humilier à travers Sylvaine, de souligner qu'il pourrait bien, à son tour, déshériter cette fille qui ne lui était rien, et faire un testament comme celui de son père. Ce Sébastien n'était pas quelqu'un de très recommandable, et...

– Mais papa, je ne comprends pas grand-chose à ces problèmes de succession. Pourtant, il me semble que si le père Vaubercourt avait le droit de léguer ses biens à des œuvres, son fils étant mort...

– Oui, tu as raison de penser que le fils Vaubercourt, lui, ne pouvait pas déshériter sa femme, et par conséquent, Sylvaine, par sa mère, conservait encore certains droits. Très juste. Mais le fait est là : le fils Vaubercourt venait de mourir le premier et, pour madame Vaubercourt, c'était la catastrophe. Tu comprends, maintenant. Coûte que coûte, il fallait faire croire à tous que Sébastien était encore vivant. C'est à quoi s'est employé le docteur Cotinois et il va payer cher sa macabre comédie.

Silence. Papa me donne tout le temps de réfléchir. Puis il ajoute, avec une sorte de détachement que je perçois nettement.

– Madame Vaubercourt va partir tout à l'heure pour Blois, chez une amie. Elle veut se faire oublier et elle a raison. Son affaire sera jugée à la rentrée des tribunaux. Allez, mon petit. Nous tirons un trait sur cette triste histoire.

– Et Sylvaine ?

– Sylvaine accompagne sa mère, naturellement.

– Je peux quand même lui téléphoner ?

– Non, mon petit François. Pour toi aussi, il vaut mieux oublier.

– Papa...

Eh oui, j'ai failli pleurer. C'est tout juste si j'ai eu la force de balbutier :

– Je peux lui écrire ?

– Oui, mais dépêche-toi. Je dois m'en aller.

Alors, en vitesse, j'ai gribouillé, en faisant des pâtés :

*Je t'aimais bien, tu sais. Adieu, Sylvaine.*

Et maintenant, je te quitte, Paul. Ne me laisse pas tomber. C'est la première fois que je dis adieu. C'est un mot terrible. Jamais plus je n'oserai le prononcer.

Je t'embrasse, mon cher vieux Paul.

Ton pauvre Sans Atout.

# COLLECTION Cascade

## CASCADE POLICIER

À L'HEURE DES CHIENS
Évelyne Brisou-Pellen.

ALLÔ ! ICI LE TUEUR
Jay Bennett.

L'ASSASSIN CRÈVE L'ÉCRAN
Michel Grimaud.

L'ASSASSIN EST UN FANTÔME
François Charles.

LE CADAVRE FAIT LE MORT
Boileau-Narcejac.

LE CHARTREUX DE PAM
Lorris Murail.

LE CHAUVE ÉTAIT DE MÈCHE
Roger Judenne.

COUP DE BLUES POUR DAN MARTIN
Lorris Murail.

COUPS DE THÉÂTRE
Christian Grenier.

DES CRIMES COMME CI COMME CHAT
Jean-Paul Nozière.

CROISIÈRE EN MEURTRE MAJEUR
Michel Honaker.

DANS LA GUEULE DU LOUP
Boileau-Narcejac.

LE DÉTECTIVE DE MINUIT
Jean Alessandrini.

DRAME DE CŒUR
Yves-Marie Clément.

UNE ÉTRANGE DISPARITION
Boileau-Narcejac.

HARLEM BLUES
Walter Dean Myers.

L'HÔTEL MAUDIT
Alain Surget.

L'IMPASSE DU CRIME
Jay Bennett.

LE LABYRINTHE DES CAUCHEMARS
Jean Alessandrini.

LA MALÉDICTION DE CHÉOPS
Jean Alessandrini.

MICMAC AUX MILLE ET UNE NUITS
Paul Thiès.

LE MYSTÈRE CARLA
Gérard Moncomble.

NE TE RETOURNE PAS
Lois Duncan.

L'OMBRE DE LA PIEUVRE
Huguette Pérol.

COLLECTION

# Cascade

OMBRES NOIRES POUR NOËL ROUGE
Sarah Cohen-Scali.

ON NE BADINE PAS AVEC LES TUEURS
Catherine Missonnier..

PIÈGES ET SORTILÈGES
Catherine Missonnier.

POURSUITE FATALE
Andrew Taylor.

RÈGLEMENT DE COMPTES EN MORTE-SAISON
Michel Grimaud.

SIGNÉ VENDREDI 13
Paul Thiès.

LA SORCIÈRE DE MIDI
Michel Honaker.

SOUVIENS-TOI DE TITUS
Jean-Paul Nozière.

UN TUEUR À LA FENÊTRE
Stéphane Daniel.

LE TUEUR MÈNE LE BAL
Hervé Fontanières.

LES VISITEURS D'OUTRE-TOMBE
Stéphane Daniel.

LES VOLEURS DE SECRETS
Olivier Lécrivain.

## CASCADE PLURIEL

LES AILES NOIRES DE LA NUIT
Jean-Marc Ligny.

AMIES SANS FRONTIÈRES
Hélène Montardre.

LE CHEVALIER DE TERRE-NOIRE
Michel Honaker.
Tome 1
L'ADIEU AU DOMAINE
Tome 2
LE BRAS DE LA VENGEANCE

ERWAN LE MAUDIT
Michel Honaker.

LA FILLE DE TROISIÈME B
Christian Grenier.

LE PIANISTE SANS VISAGE
Christian Grenier.

L'HÉRITIER DU DÉSERT
É. Brisou-Pellen.

MINI MAX ET MAXI DURS
Roselyne Bertin.

LE SORCIER AUX LOUPS
Paul Thiès

UNE VIE À TOUT PRIX
Roger Judenne.

LES AUTEURS

BOILEAU-NARCEJAC

Deux auteurs écrivent sous ce nom célèbre. Pierre Boileau qui commença par exercer les métiers les plus divers avant d'écrire des nouvelles et des romans policiers.

Thomas Narcejac, professeur de lettres, passionné de littérature policière, publia plusieurs romans.

En 1950 les deux hommes se rencontrent, lient leur nom et leur plume. Depuis, leur collaboration n'a cessé d'être couronnée de succès.

Un grand nombre de leurs romans ont été portés à l'écran par des metteurs en scène comme Clouzot, Hitchcock...

La série des *Sans Atout* prouve qu'ils se sont toujours intéressé aux jeunes lecteurs.

Achevé d'imprimer en juillet 1996
sur les presses de Maury-Eurolivres S.A.
45300 Manchecourt
Dépôt légal : 2e trimestre 1996
N° d'imprimeur : 54203
N° d'éditeur : 2748

retombe et il n'y a plus qu'une inscription gravée dans le marbre : Sébastien Vaubercourt, avec la date de sa naissance et celle de sa mort, soi-disant.

J'avais beau sortir, me promener le long de la grève, marcher pour me fatiguer et oublier ; pas la peine. J'étais hanté par cette énorme escroquerie. Enfin, je ne rêvais pas. Le vrai Vaubercourt, où était-il passé ? Ce n'était pourtant pas à moi d'alerter les journaux ou la police. D'abord, une lettre anonyme n'aurait aucun effet. Et puis je me devais de continuer à protéger Sylvaine. Il ne restait qu'un espoir. Sébastien, vivant sous un autre nom, serait reconnu et démasqué. Ah, je te jure, j'en ai fait des plans. Mais j'avais, et j'ai encore, la cervelle nouée par les tranquillisants. Je suis incapable de prendre une initiative. De temps en temps, je vais me poster au pied du calvaire, j'observe *les Tamaris*. On voit tout de suite quand une maison est abandonnée, et celle-là n'est pas près de se réveiller.

Mon pauvre vieux, me voici convalescent comme toi. À nous la sieste obligatoire, la suralimentation, les interrogatoires anxieux. « Comment te sens-tu ? As-tu encore mal à la tête ? » Pourquoi faut-il que plus on est aimé, plus on soit harcelé ? Allons ! Je te laisse aux mains de tes bourreaux. À bientôt, mon frère.

François.

fait mal, mais après il sera tout neuf. » Maman, à demi-convaincue, me considère d'un œil qui commence à s'apaiser, et la vie, à Kermoal, me pèse un peu moins. On ne s'inquiète plus quand je dis : « J'écris à Paul. » Je vais donc, pour toi, revenir en arrière.

En arrière, c'est l'enterrement. Dans un premier temps, une voiture des pompes funèbres est venue chercher le corps et l'a emmené à Paris. Madame Vaubercourt a fermé la villa, après avoir témoigné – généreusement paraît-il – sa gratitude aux voisins qui l'ont aidée.

Deuxième temps, les funérailles à Paris. Papa n'a pas pu y assister (d'ailleurs, je crois qu'il n'y tenait pas) et il s'est fait représenter par son secrétaire. Quand il nous a rejoints, pendant le week-end, il nous a donné quelques détails, mais très succincts. Pour lui, c'était déjà de l'histoire ancienne. Tout ce que j'ai su, c'est qu'il y avait peu de monde. Pas question de Sylvaine. Je ne pouvais pas m'informer avec trop d'insistance. N'oublie pas : je demeure en observation, et si j'avais posé des questions trop précises, on m'aurait dit : « Pourquoi t'intéresses-tu tellement à cette fille ? » Pour mes parents, il n'y avait pas, il n'y avait jamais eu d'affaire Vaubercourt. Mais moi, je n'arrivais pas à effacer de mon esprit certaines images : le caveau ouvert pour recevoir un étranger, les gerbes et les couronnes : « À Sébastien Vaubercourt »... « À mon époux »... etc. Des brassées de mensonges fleuris... Et la dalle

# 7

Kermoal.

Il pleut, et c'est dimanche.

Mon pote, salut. Je n'avais pas tellement envie de t'écrire. D'ailleurs, c'est bien simple. À force de me soigner, ils m'ont, petit à petit, guéri de mes envies. Toutes ces petites envies qui me rendaient vibrant, comme un tournesol avide de soleil. Eh bien, c'est passé, tout ça. Cependant, je veux noter pour toi une remarque de mon père qui m'a fait dresser l'oreille. C'est à propos des Vaubercourt.

– J'ai appris que la galerie était à vendre, dit-il.

– Bien sûr, répond maman. Il fallait s'y attendre. Ce n'est pas cette pauvre femme qui peut s'occuper d'une affaire aussi délicate.

– Elle n'a pas besoin de ça pour vivre, commente papa. Mais enfin, avec ce qu'elle va lâcher au fisc, en droits d'héritage, je comprends qu'elle aime autant tout liquider. C'est Maître Bertagnon qui la conseille. Elle aurait l'intention de se retirer dans le Midi, d'après ce qui se murmure au Palais.

Coup au cœur. Papa hausse les épaules.

– Que ne murmure-t-on pas au Palais, conclut-il. Avocats, huissiers, juges, tous plus curieux et plus avides de potins que des concierges. Par exemple, le petit Lambertin...

Mais je n'écoute plus. Que madame Vaubercourt quitte Paris, ça m'est bien égal. Tout ce que je souhaite, c'est qu'elle ne m'enlève pas Sylvaine. Pas avant que nous ayons eu l'explication qu'elle me doit. Alors, tu vois, cela ne valait pas une lettre. Ne piaffe pas, mon petit vieux. Je te tiendrai au courant si j'apprends du nouveau. En attendant, je laisse tomber le pendule, qui me rappelle des choses trop désagréables. Je vis au ralenti, comme une moule sur un rocher. De nous deux, c'est toi le plus chanceux. Adios.

François.

Kermoal.

Il pleut encore et c'est encore dimanche.

Dès que papa arrive, c'est la pluie. Heureusement, il a bon caractère, et puis il amène toujours des dossiers. Je ne l'ai jamais vu s'ennuyer. Pourquoi t'écris-je ? (Pas mal, « t'écris-je ».) Parce que j'ai surpris une conversation qui a réveillé mes démons. Après déjeuner, papa et maman causaient à mi-voix, en buvant leur café. Notre living-room, je te l'ai sans doute déjà dit, est très vaste, de sorte qu'il nous sert de salle à manger, de salon, de bibliothèque, et tu serais là, on pourrait y monter un ping-pong. Je m'étais retiré dans le coin bibliothèque pour y feuilleter un